O Papel de Parede Amarelo

e outros contos

Charlotte Perkins Gilman

O Papel de Parede Amarelo
e outros contos

Tradução
Marcela Nalin Rossine

Principis

Esta é uma publicação Principis, selo exclusivo da Ciranda Cultural

Traduzido do original em inglês
Yellow paper and other stories

Texto
Charlotte Perkins Gilman

Editora
Michele de Souza Barbosa

Tradução
Marcela Nalin Rossine

Preparação
Jéthero Cardoso

Produção editorial
Ciranda Cultural

Revisão
Valquíria Della Pozza

Diagramação
Linea Editora

Design de capa
Ana Dobón

Imagens
Nuvolanevicata/shutterstock.com
Tarskaya_Tatiana/shutterstock.com

Dados Internacionais de Catalogação na Publicação (CIP) de acordo com ISBD

G487p Gilman, Charlotte Perkins

O papel de parede amarelo e outros contos / Charlotte Perkins Gilman ; traduzido por Marcela Nalin Rossine. – Jandira, SP : Principis, 2021.
192 p. ; 15,5cm x 22,6cm. - (Clássicos da literatura mundial)

Tradução de: Yellow paper and other stories
ISBN: 978-65-5552-491-8

1. Literatura americana. 2. Contos. I. Rossine, Marcela Nalin. II. Título. III. Série.

2021-1514 CDD 813
CDU 821.111(73)-3

Elaborado por Vagner Rodolfo da Silva - CRB-8/9410

Índice para catálogo sistemático:
1. Literatura americana : Contos 813
2. Literatura americana : Contos 821.111(73)-3

1ª edição em 2021
www.cirandacultural.com.br

Sumário

O papel de parede amarelo

É muito raro que pessoas comuns, como John e eu, consigam alugar um casarão antigo para o verão.

Uma mansão colonial, herança de família, eu diria uma casa mal-assombrada, e atingiria o auge da felicidade poética – mas seria pedir demais do destino!

Ainda assim, declaro com satisfação que há algo de estranho nela.

Do contrário, por que o aluguel teria sido tão barato? Ou por que teria ficado desocupada por tanto tempo?

John ri de mim, é claro, mas já se espera isso no casamento.

John é extremamente pragmático. Não tem paciência alguma com religião, tem verdadeiro horror à superstição e caçoa sem rodeios de qualquer discurso sobre coisas que não possam ser sentidas, vistas e expressas em números.

John é médico, e *talvez* – eu não diria isso a nenhuma alma viva, é claro, mas isto aqui é papel morto e um grande alívio para minha mente –, *talvez*, esse seja um dos motivos pelos quais não me recupero mais rápido.

Veja bem, ele nem sequer acredita que estou doente!

E o que se há de fazer?

Se um médico, de grande prestígio, assegura aos amigos e familiares que não há absolutamente nada de errado com sua esposa, a não ser uma depressão nervosa passageira – uma leve tendência à histeria –, o que se há de fazer?

Meu irmão também é médico, também tem grande prestígio, e afirma a mesma coisa.

Sendo assim, tomo fosfato ou fosfito – seja qual for – e tônicos, além de passear, respirar ar puro, praticar exercícios e estar terminantemente proibida de "trabalhar" até que fique bem de novo.

Particularmente, discordo da opinião deles. Acredito que um trabalho prazeroso, com empolgação e variedade, só me faria bem.

Mas o que se há de fazer?

A despeito dos dois, escrevi durante um tempo, mas fico exausta *demais*... por ter que viver camuflando isso, ou então enfrentar a forte oposição deles.

Às vezes acho que, no meu estado, se tivesse menos oposição e mais companhia e estímulo... John, porém, diz que pensar no meu estado é a pior coisa que posso fazer, e confesso que isso sempre faz com que me sinta mal.

Portanto, vou deixar isso de lado e falar sobre a casa.

Que lugar maravilhoso! É bastante isolado, fica bem distante da estrada, a quase cinco quilômetros da vila. Faz-me pensar nos casarões ingleses dos livros, com sua cerca viva e paredes e portões com trancas, e várias casinhas independentes que alojam os jardineiros e outras pessoas.

O jardim é *encantador!* Nunca vi um jardim assim: grande e repleto de sombras, cheio de labirintos ornados por arbustos simétricos e margeados com enormes pérgulas cobertas de videiras e uns bancos embaixo.

Havia estufas também, mas agora estão caindo aos pedaços.

Houve alguns problemas legais, acredito, algo relacionado aos herdeiros e coerdeiros; de qualquer forma, o lugar esteve vazio por anos.

Isso estraga todo o mistério fantasmagórico para mim, receio, mas não importa – há algo de estranho na casa... posso sentir.

Em uma noite de luar, cheguei até a falar com John, mas ele disse que eu havia sentido uma simples *corrente de ar* e fechou a janela.

Às vezes fico absurdamente irritada com John. Tenho certeza de que nunca fui tão sensível. Acho que tem a ver com os nervos.

Mas John diz que se me sinto assim é porque descuido do autocontrole adequado; então, faço um esforço para me controlar – diante dele, pelo menos – e isso me deixa exausta.

Não gosto nem um pouco do nosso quarto. Queria um no andar de baixo que dava para a varanda, com rosas contornando a janela e aqueles lindos cortinados de chita à antiga! Mas John nem me deu ouvidos.

Disse que havia apenas uma janela e não tinha espaço para duas camas, e nenhum outro cômodo de que pudesse dispor se quisesse.

Ele é muito cuidadoso e amoroso, e mal permite que eu me mexa sem uma orientação especial.

Tenho um cronograma de prescrições para cada hora do dia; ele cuida de tudo para mim e me sinto uma reles ingrata por não valorizar tanta preocupação.

Falou que viemos para cá só por minha causa, que eu precisava fazer repouso absoluto e tomar muito ar puro.

– Fazer exercícios depende de sua disposição, minha querida – disse ele –, e a alimentação depende do seu apetite, mas o ar puro você pode aproveitar o tempo todo.

Sendo assim, ficamos com o quarto de crianças, no piso de cima da casa.

É um cômodo grande, arejado, ocupa quase o andar inteiro, há janelas com vista para todos os lados, e ar puro e luz do sol aos montes. Primeiro foi um dormitório infantil, depois uma sala de recreação e uma sala de ginástica, presumo; pois as janelas têm grades de proteção para criancinhas e há argolas e coisas do tipo nas paredes.

A pintura e o papel de parede dão a entender que funcionava como uma escolinha para garotos. Foi arrancado... digo, o papel... em enormes retalhos ao redor da cabeceira da minha cama, até onde minhas mãos alcançam, e também na parte debaixo de uma parede do outro lado do quarto. Nunca vi um papel de parede tão vulgar em toda a minha vida.

Como aquelas estampas extravagantes que se esparramam cometendo todo o tipo de pecados artísticos.

É tão embotado que chega a confundir o olhar, tão espalhafatoso que causa irritação constante, e incita a investigação; e quando acompanhadas de certa distância, as curvas emaranhadas, inconclusivas, de repente cometem suicídio: mergulham em ângulos ultrajantes, destroem-se em contradições sem precedentes.

A cor é repulsiva, quase revoltante; um amarelo encardido, sem vida, esmaecido de forma estranha pela passagem lenta da luz do sol.

É um alaranjado embotado, ainda que berrante em alguns pontos, e com um tom de enxofre mórbido em outros.

Não é de admirar que as crianças o odiassem! Eu mesma o odiaria se tivesse que ficar neste quarto por muito tempo.

Lá vem John, então preciso guardar isto – ele detesta que eu escreva, mesmo que seja uma palavra.

Estamos aqui há duas semanas, e desde aquele primeiro dia ainda não tive vontade de escrever.

Agora estou sentada perto da janela, no andar de cima, neste atroz dormitório infantil, e não há nada que me impeça de escrever quanto queira, a não ser a falta de disposição.

John passa o dia todo fora, às vezes algumas noites também, quando tem pacientes em estado grave.

Ainda bem que meu caso não é grave!

Mas este problema de nervos é mesmo muito deprimente.

John não tem noção do quanto realmente sofro. Sabe que não há uma *razão* para sofrer, e isso já basta para ele.

É claro que é apenas nervosismo. Sinto muito o peso de não conseguir cumprir com minhas obrigações!

Eu pretendia ser uma grande companheira para John, ser seu verdadeiro apoio e conforto, mas aqui estou, mais perto de ser um fardo!

Ninguém acreditaria em quanto me esforço para fazer o pouco de que ainda sou capaz: arrumar-me, receber visitas e dar ordens.

Por sorte, Mary é muito cuidadosa com o bebê. Que bebê bonzinho!

Mesmo assim, *não consigo* ficar com ele, isso me deixa tão nervosa.

Parece que John nunca ficou nervoso na vida. Debocha tanto de mim por causa desse papel de parede!

A princípio, ele pretendia trocar o papel do quarto, mas depois disse que eu estava deixando aquilo me levar e que nada era pior para quem sofre dos nervos do que abrir as portas para a imaginação.

Disse que depois de trocar o papel de parede o problema seria a pesada armação da cama, então as grades nas janelas, depois o portão no topo da escada, e assim por diante.

– Sabe que o lugar está fazendo bem para você – disse ele –, e na verdade, querida, eu não tenho intenção de reformar uma casa alugada por apenas três meses.

– Então vamos para o andar de baixo – sugeri. – Há quartos tão bonitos lá.

Logo ele me abraçou e me chamou de tolinha e disse que iria para o porão se eu quisesse, e ainda por cima mandaria pintá-lo de branco.

Mas ele tem toda razão sobre a cama, as janelas e tudo o mais.

É um quarto bem arejado e confortável tal como qualquer um desejaria e, é claro, eu não seria tão estúpida a ponto de incomodá-lo só por um capricho.

Já começo a gostar bastante deste quarto enorme, exceto pelo horroroso papel de parede.

De uma janela, consigo ver o jardim, aquelas misteriosas pérgulas com sombreado profundo, a vastidão de flores antiquadas, arbustos e árvores retorcidas.

De outra, tenho uma linda vista da baía e de um pequeno cais particular da propriedade. Há uma bela alameda sombreada que desce da casa até lá. Sempre fantasio pessoas caminhando por essas inúmeras trilhas e pérgulas, mas John me alertou para não abrir nem uma fresta da porta para a imaginação. Diz que, com toda a minha criatividade e o costume de escrever histórias, uma doença dos nervos como a que tenho fatalmente leva a todos os tipos de devaneios, e que preciso usar a força de vontade e o bom senso para controlar essa tendência. Sendo assim, eu tento.

Às vezes penso que, se estivesse bem o suficiente para escrever um pouco, poderia aliviar o peso de tantos pensamentos e me sentiria menos cansada.

Mas acabo ficando exausta sempre que tento escrever.

É muito desanimador não ter uma companhia para opinar em relação ao meu trabalho. Quando eu melhorar bem, John prometeu que vamos convidar o primo Henry e a Julia para passar um tempo conosco; mas que, por ora, prefere colocar fogos de artifício na minha fronha a me deixar ter pessoas estimulantes como eles por perto.

Gostaria de ficar bem logo.

Mas não devo pensar nisso. Este papel de parede me olha como se *soubesse* da influência perversa que tem!

Há um ponto recorrente em que o padrão fica suspenso como um pescoço quebrado e dois olhos arregalados nos encaram de cabeça para baixo.

Fico definitivamente irritada com a impertinência e a perpetuidade deles. Para cima e para baixo e para os lados eles rastejam, e aqueles olhos despropositados e esbugalhados estão por toda parte. Há um ponto onde a emenda não bate, e os olhos desalinhados sobem e descem, um vai um pouco mais alto que o outro.

Nunca vi tanta expressividade em algo inanimado antes, e todos sabemos quanta expressividade essas coisas têm! Quando criança, eu ficava acordada e encontrava mais diversão e terror em paredes brancas e móveis comuns do que a maioria das crianças encontraria em uma loja de brinquedos.

Lembro-me da piscadela amigável dos puxadores da enorme cômoda velha, e da cadeira que sempre se portou como uma grande amiga.

Sentia que, se qualquer uma das outras coisas parecesse muito ameaçadora, eu poderia pular naquela cadeira e ficar em segurança.

No entanto a mobília deste quarto está em total desarmonia, pois tivemos que trazer tudo lá de baixo. Quando o cômodo passou a ser usado como sala de brinquedos, tiveram que retirar as coisas do dormitório, acredito, e não é de admirar! Nunca vi tanto estrago como o que as crianças fizeram aqui.

O papel de parede, como já mencionei, foi arrancado em alguns pontos, que agora estão mais grudentos que irmão caçula – as crianças devem ter sido obstinadas e rancorosas.

O assoalho também está cheio de arranhões, buracos e lascas, até mesmo o gesso está cavoucado aqui e ali, e esta cama enorme e pesada, a única coisa que já estava no cômodo, parece ter enfrentado uma guerra.

Mas não me incomodo com nada disso – apenas com o papel de parede.

Lá vem a irmã de John. Uma moça tão boa e tão preocupada comigo! Não posso deixá-la ver que estou escrevendo.

Ela é uma governanta perfeita e entusiasmada, e não acredita que haja profissão melhor. Com certeza absoluta, pensa que escrever foi o que me deixou doente!

Mas posso escrever sempre que ela está fora e a vejo bem distante destas janelas.

Há uma janela que contempla a estrada, uma estrada adorável, sombreada e sinuosa, e outra que dá para o campo. Uma região adorável também, cheia de grandes árvores frondosas e prados de veludo.

Este papel de parede tem um padrão secundário com tonalidade diferente, muitíssimo irritante, pois só se pode vê-lo de determinada perspectiva, ainda assim, sem muita clareza.

Mas nos pontos onde não desbotou e o sol bate da maneira certa, posso ver um vulto estranho, provocador e disforme, que parece carrancudo atrás daquela figura ridícula e ostensiva à frente.

Lá vem a irmã de John, subindo a escada!

Bem, o 4 de Julho acabou! As pessoas se foram e estou exausta. John achou que seria bom para mim ter um pouco de companhia, então mamãe, Nellie e as crianças passaram uma semana aqui conosco.

É claro que não tive trabalho nenhum. Jennie cuida de tudo agora.

Mas fiquei cansada mesmo assim.

John falou que se eu não me recuperar logo vai me encaminhar para o doutor Weir Mitchell no outono.

Mas não quero, de jeito nenhum. Tenho uma amiga que já esteve sob os cuidados dele e disse que ele é como John e meu irmão, só que ainda pior!

Além do mais, é um grande transtorno ter que ir tão longe.

Não acho que valha a pena me empenhar para fazer nada, e estou me tornando terrivelmente irritadiça e ranzinza.

Choro por nada, e choro o tempo todo.

É claro que não choro quando John está aqui, ou qualquer outra pessoa, mas sempre que estou sozinha.

E tenho passado boa parte do tempo sozinha. John fica na cidade com frequência para atender casos graves, e Jennie é bondosa e me deixa em paz sempre que peço.

Então caminho um pouco pelo jardim ou por aquela alameda adorável, sento-me na varanda sob as rosas e passo um bom tempo deitada aqui em cima.

Já gosto bastante do quarto, apesar do papel de parede. Bem, *graças* a ele, talvez.

Ele habita minha mente!

Deito-me aqui nesta enorme cama inabalável – está pregada no assoalho, eu acho – e acompanho o padrão por horas. É tão bom quanto fazer ginástica, garanto. Começo, por assim dizer, lá de baixo, no canto onde o papel está intacto, e decreto pela milésima vez que *vou* acompanhar aquele padrão sem sentido até chegar a algum tipo de conclusão.

Entendo um pouco dos princípios de composição decorativa, e sei que essa coisa não foi fundamentada na lei de irradiação, nem de alternância, nem de repetição, nem de simetria, nem de qualquer outra da qual eu já tenha ouvido falar.

Ele se repete, é claro, na extensão do papel, mas de nenhuma outra maneira.

Olhando de certo ângulo, cada faixa permanece separada, as grandes curvas e os floreados – um estilo "romanesco decadente" com *delirium tremens* – vão cambaleando para cima e para baixo em colunas isoladas de imbecilidade.

Mas, por outro lado, elas se conectam na diagonal, e os traços tentaculares de repente irrompem em grandes ondas tortuosas de horror óptico, como um polvo se revolvendo em plena caça.

Isso tudo também se estende para a horizontal, ao que parece, e fico exausta ao tentar distinguir o rumo que os traços tomam nessa direção.

Colocaram também uma faixa horizontal, um friso decorativo, e isso contribui de forma brilhante para a confusão.

Há um canto no quarto onde o papel está quase intacto, e lá, quando a contraluz se esvai e o sol do crepúsculo brilha direto sobre ele, posso quase imaginar uma irradiação, finalmente: intermináveis grotescos parecem se formar ao redor de um centro comum e se precipitar em mergulhos de igual loucura.

Fico cansada de acompanhá-los. Acho que vou tirar um cochilo.

Não sei por que deveria escrever isso.

Não quero.

Não me sinto capaz.

E sei que John acharia um absurdo. Mas *preciso* expressar o que sinto e penso de alguma forma – é um alívio tão grande!

Mas o esforço tem sido maior do que o alívio.

Ultimamente, sinto um desânimo terrível e passo metade do tempo deitada.

John diz que não posso perder a vitalidade, então me faz tomar óleo de fígado de bacalhau, diversos tônicos e outras coisas, sem mencionar a cerveja, o vinho e a carne malpassada.

Querido John! Ele me ama demais e odeia me ver doente. Tentei ter uma conversa muito franca e razoável com ele outro dia, e dizer como eu desejava que me permitisse fazer uma visita ao primo Henry e à Julia.

Mas ele disse que eu não conseguiria ir, nem suportaria ficar lá se fosse; e não defendi minha ideia muito bem, pois comecei a chorar antes que a conversa terminasse.

Já começa a ser um grande esforço pensar com clareza. É essa doença dos nervos, suponho.

Então meu querido John pegou-me nos braços, carregou-me lá para cima e deitou-me na cama, sentou-se ao meu lado e leu para mim até esgotar minha mente.

Disse que eu era seu amor, seu conforto, tudo o que tinha, e que preciso me cuidar para o bem dele e melhorar logo.

Diz que ninguém além de mim pode me ajudar a superar isso, que devo usar minha força de vontade e autocontrole e jamais me deixar levar por qualquer fantasia tola.

Uma coisa me consola, o bebê está bem e feliz, e não precisa ficar neste quarto, com esse papel de parede horroroso.

Se não estivéssemos ocupando este cômodo, aquela pobre criança estaria! Que sorte bem-aventurada! Ora, jamais permitiria que um filho meu, um serzinho suscetível, ficasse em um lugar como este, por nada neste mundo.

Nunca pensei nisso antes, mas foi sorte John ter me instalado aqui no fim das contas. Veja bem, posso resistir muito mais do que um bebê.

É claro que já nem menciono o papel de parede com ninguém – não sou nada boba –, mas fico de olho nele mesmo assim.

Há coisas no papel que ninguém além de mim sabe e nunca saberá.

Por trás do padrão principal, as formas nebulosas ficam mais visíveis a cada dia.

É sempre a mesma forma, só que repetida muitas vezes.

E é como se uma mulher se curvasse e rastejasse por trás do padrão. Não gosto nem um pouco disso. Eu imagino... começo a pensar que... gostaria que John me tirasse daqui!

É tão difícil conversar com John sobre minha situação, porque ele é tão sábio e me ama tanto.

Mas tentei ontem à noite.

Era uma noite de luar. A lua reluz por toda parte, assim como o sol.

Odeio ver isso às vezes, ela rasteja com tanta sutileza e sempre entra por uma janela ou outra.

John estava dormindo e eu detesto acordá-lo, então fiquei imóvel e observei a luz da lua sobre aquele papel de parede enrugado até que me apavorei.

O vulto quase imperceptível de trás parecia sacudir o padrão, como se quisesse sair dali.

Levantei-me de mansinho e fui tocar no papel para ver se ele havia *mesmo* se mexido, e quando voltei John estava acordado.

– O que foi, benzinho? – perguntou ele. – Não saia andando por aí desse jeito, vai se resfriar.

Pensei ser uma boa hora para conversar, então disse a ele que não estava melhorando nada lá e queria que me levasse embora.

– Ora, meu bem – disse ele –, o contrato vence em três semanas e não vejo como podemos ir embora antes. A reforma em casa ainda não terminou e não posso simplesmente sair da cidade agora. É claro que se você estivesse em perigo eu daria um jeito e conseguiria, mas já está bem melhor, querida, quer perceba isso ou não. Sou médico, querida, e sei das coisas. Ganhou peso e está mais corada, seu apetite está melhor. Não estou mais tão preocupado com você.

– Não ganhei nem um pouco de peso – disse eu –, pelo contrário. E posso até ter mais apetite à noite, quando você está aqui, mas piora pela manhã enquanto está fora.

– Coitadinha dela! – disse ele, ao me dar um abraço apertado. – Vai ficar tão doente quanto desejar! Mas vamos voltar a dormir agora para aproveitarmos bem a luz do dia, e conversamos sobre isso pela manhã.

– Então não vamos embora mesmo? – perguntei, melancólica.

– Ora, como eu poderia, querida? Só faltam três semanas, e depois vamos fazer uma bela viagem de alguns dias enquanto Jennie arruma a casa. Sério, querida, você está melhor!

– Melhor fisicamente, talvez... – comecei a falar e parei de imediato, pois ele se aprumou e me lançou um olhar tão severo e repreensivo que não consegui dizer mais nem uma palavra.

– Meu bem – disse ele –, estou implorando, por mim e por nosso bebê, e por você mesma também, que nunca, nem sequer por um instante, deixe que esse pensamento domine sua mente! Não há nada tão perigoso, tão tentador para um temperamento como o seu. É uma fantasia falsa e tola. Não pode confiar em mim como médico quando digo isso?

Portanto, é claro que não falei mais sobre o assunto e logo voltamos a dormir. Ele pensou que eu havia dormido primeiro, mas não – fiquei ali por horas, tentando decidir se o padrão principal e o secundário se moviam juntos ou separadamente.

À luz do dia, em um padrão como esse, percebe-se uma falta de sequência, um desafio à lei, que se torna uma constante irritação para uma mente normal.

A cor é hedionda o bastante, duvidosa o bastante, enervante o bastante, mas o padrão é atormentador.

É só pensar que o dominou, que teve um bom êxito em acompanhá-lo, e pronto, ele dá um salto-mortal para trás. Derruba, espezinha, esbofeteia você. Parece um pesadelo.

O padrão principal é um arabesco florido, lembra um fungo. Se conseguir imaginar um agrupamento de cogumelos, uma cadeia interminável de cogumelos, germinando e brotando em infinitas circunvoluções... bem, é algo assim.

Ou melhor, às vezes!

Há uma peculiaridade marcante no papel, algo que ninguém parece notar, exceto eu: é que ele muda conforme a luz muda.

Quando o sol entra pela janela leste – estou sempre atenta àquele primeiro raio de luz longo e certeiro –, ele muda tão rápido que mal consigo acreditar.

Por isso o observo sempre.

Sob o luar – que ilumina o quarto a noite inteira quando o céu está limpo –, eu não diria que é o mesmo papel.

À noite, sob qualquer tipo de luz, seja à luz do crepúsculo, de velas, de lamparina ou, a pior de todas, à luz da lua, o padrão se transforma em grades! Quer dizer, o padrão principal, e a mulher atrás dele se torna tão evidente que salta aos olhos.

Por muito tempo não consegui discernir o que era aquela coisa que aparecia ali atrás – aquele padrão secundário nebuloso –, mas agora estou quase certa de que é uma mulher.

À luz do dia ela fica submissa, quieta. Imagino que o padrão a mantenha tão apática. É muito intrigante. Eu fico quieta por horas.

Passo muito tempo na cama agora. John diz que isso me faz bem, e que devo dormir o máximo que puder.

Na verdade, ele despertou esse hábito em mim, fazendo-me deitar por uma hora depois de cada refeição.

É um péssimo hábito, estou convencida, pois, veja bem, eu não durmo.

E isso cultiva uma mentira, pois não digo a eles que estou acordada - ah, não!

O fato é... que John tem me dado um pouco de medo.

Ele fica muito estranho às vezes, e até mesmo Jennie anda com um olhar inexplicável.

Vez ou outra me ocorre, apenas como hipótese científica, que talvez seja o papel de parede!

Tenho observado John quando ele não percebe que estou por perto, e várias vezes, ao entrar de repente no quarto usando as desculpas mais inocentes, já o flagrei *olhando para o papel!* E Jennie também. Uma vez surpreendi Jennie com a mão no papel.

Ela não sabia que eu estava no quarto, e quando lhe perguntei com a voz mansa, bem mansa, da maneira mais comedida possível, o que estava fazendo com o papel, ela se virou como se tivesse sido pega roubando, e parecia bastante zangada - perguntou por que eu tinha que assustá-la daquele jeito!

Então me disse que o papel manchava tudo o que encostasse nele, que tinha visto manchas amarelas em todas as minhas roupas e nas de John, e que gostaria que fôssemos mais cuidadosos!

Não soou inocente? Mas sei que ela estava analisando o padrão e estou determinada a não deixar que ninguém além de mim o desvende.

A vida está muito mais emocionante agora. Veja bem, tenho algo mais por que esperar, por que almejar, para observar. De fato, tenho comido melhor e ando mais calma do que antes.

John está tão satisfeito com minha melhora! Até riu um pouco outro dia e disse que eu parecia estar desabrochando, apesar do meu papel de parede.

Mudei de conversa rindo também. Não tinha intenção alguma de lhe contar que a melhora era *graças* ao papel de parede - ele caçoaria de mim. Poderia até querer me levar embora.

Não quero partir agora, não antes de desvendá-lo. Tenho mais uma semana e acho que vai ser o suficiente.

Estou me sentindo melhor do que nunca! Quase não durmo à noite, pois é muito interessante observar os efeitos; mas durmo bastante durante o dia.

Os dias são cansativos e desconcertantes.

Sempre há novos brotos nos fungos e novos tons de amarelo por toda parte. Não consigo manter a contagem, embora venha tentando fazer isso religiosamente.

Que amarelo mais estranho o desse papel de parede! Faz-me lembrar de todas as coisas amarelas que já vi – não das coisas bonitas como os girassóis, mas das coisas velhas, sórdidas e ruins.

Mas há algo mais a respeito desse papel – o cheiro! Senti o cheiro no momento em que entramos no quarto, mas com tanta ventilação e sol não era desagradável. Agora enfrentamos uma semana de nevoeiro e chuva, e, quer as janelas estejam abertas ou não, o cheiro está sempre presente.

Ele se alastra pela casa toda.

Sinto-o pairando na sala de jantar, esgueirando-se na sala de estar, escondendo-se no corredor, esperando-me à espreita na escada.

Ele impregna no meu cabelo.

Mesmo quando vou cavalgar, se viro a cabeça de repente e o surpreendo – lá está o cheiro!

É um odor muito peculiar também! Passei horas tentando analisá-lo, tentando associá-lo com algum outro cheiro.

Não é ruim, a princípio, e é muito suave, mas é o odor mais sutil e duradouro com que já me deparei.

Fica horrível neste tempo úmido. Acordo no meio da noite e o vejo pairando sobre mim.

Eu ficava perturbada no início. Pensei seriamente em atear fogo à casa – só para acabar com o cheiro.

Mas já me acostumei com ele. A única coisa que consigo pensar é que tem a *cor* do papel de parede! Um cheiro amarelo.

Há uma marca muito curiosa nesta parede, lá embaixo, perto do rodapé. Um risco que percorre o quarto todo. Passa por trás de cada móvel, exceto da cama, é longo, linear, parece até um *borrão*, como se tivesse sido esfregado várias e várias vezes.

Eu me pergunto como foi feito e quem o fez, e por que o fez. São voltas e voltas e voltas... voltas e voltas e voltas... fico até atordoada!

Descobri algo, finalmente.

Observando muito à noite, quando o papel muda tanto, finalmente descobri uma coisa.

O padrão principal se move *mesmo* – nenhuma surpresa! A mulher atrás dele o sacode!

Às vezes acho que há muitas mulheres ali atrás, e outras vezes apenas uma, e ela rasteja rápido, e seu movimento sacode todo o resto.

Nos pontos mais iluminados ela fica parada, e nos mais escuros ela simplesmente agarra as grades e as sacode com força.

E tenta atravessar o tempo todo. Mas ninguém conseguiria ultrapassar aquele padrão – ele estrangula, talvez por isso haja tantas cabeças.

Elas atravessam, então o padrão as estrangula e as vira de cabeça para baixo, e seus olhos ficam esbranquiçados!

Se as cabeças fossem cobertas ou arrancadas, não seria de todo mau.

Acho que aquela mulher sai durante o dia!

E vou dizer por que – em segredo: eu a vi!

Posso vê-la do lado de fora de cada uma das janelas!

É a mesma mulher, bem sei, pois está sempre rastejando e a maioria das mulheres não rasteja à luz do dia.

Eu a vejo naquela longa alameda sombreada, rastejando para cima e para baixo. Eu a vejo à sombra daquelas pérgulas cobertas de videira, rastejando por todo o jardim.

Eu a vejo naquela longa estrada sob as árvores, rastejando, e quando uma carruagem se aproxima ela se esconde sob os arbustos de amora silvestre.

Não a culpo nem um pouco. Deve ser muito humilhante ser pega rastejando em plena luz do dia!

Sempre tranco a porta quando rastejo à luz do dia. Não posso fazer isso à noite, pois sei que John suspeitaria de algo no mesmo instante.

E John anda tão estranho que não quero irritá-lo. Gostaria que ele fosse para outro quarto! Aliás, não quero que ninguém além de mim se depare com aquela mulher à noite.

Sempre me pergunto se poderia vê-la de todas as janelas ao mesmo tempo.

Mas, por mais rápido que eu me vire, só consigo olhar através de uma janela de cada vez.

E embora a veja o tempo todo, ela *talvez* seja capaz de rastejar mais rápido do que consigo me virar!

Já a vi algumas vezes bem longe, em campo aberto, rastejando tão rápido quanto a sombra de uma nuvem enfrentando um vendaval.

Se ao menos o padrão principal pudesse ser arrancado de cima do outro! Pretendo tentar, pouco a pouco.

Descobri outra coisa curiosa, mas não vou contar desta vez! Não se pode confiar demais nas pessoas.

Tenho apenas mais dois dias para tirar esse papel, e acredito que John está começando a perceber. Não gosto do olhar dele.

E o ouvi fazendo diversas perguntas médicas a Jennie sobre meu estado. Ela lhe passou um belo relatório.

Disse-lhe que eu dormia bastante durante o dia.

John sabe que não durmo muito bem à noite, apesar de ficar tão quieta!

Ele fez todo tipo de pergunta para mim também e fingiu ser muito amoroso e gentil.

Como se eu não enxergasse através dele!

No entanto nem me pergunto por que ele age assim, depois de dormir por três meses sob esse papel de parede.

O papel só interessa a mim, mas estou certa de que John e Jennie são secretamente influenciados por ele.

Hurra! É o último dia, mas é o suficiente. John deve passar a noite na cidade e não vai sair antes de anoitecer.

Jennie queria dormir comigo – que dissimulada! Mas lhe disse que, sem dúvida, eu descansaria melhor se passasse uma noite inteira sozinha.

Inteligente de minha parte, pois na verdade não fiquei sozinha, nem um pouco! Assim que a lua despontou e aquela coitada começou a rastejar e a sacudir o padrão, levantei-me e corri para ajudá-la.

Eu puxava e ela sacudia, eu sacudia e ela puxava, e antes do amanhecer tínhamos arrancado metros daquele papel.

Uma faixa quase da minha altura, dos pés à cabeça, que se estendia pela metade do quarto.

E então, quando o sol raiou e aquele padrão pavoroso começou a rir de mim, decretei que daria fim a ele naquele mesmo dia!

Partimos amanhã e estão descendo os móveis de novo para deixar tudo como estava antes.

Jennie ficou pasma ao ver a parede, mas eu lhe disse com muita alegria que o fiz por pura raiva daquela coisa indecente.

Ela riu e disse que poderia muito bem ter feito o mesmo, mas que não posso me cansar.

Como ela se traiu ao dizer isso!

Mas estou aqui, e ninguém toca no papel além de mim - não enquanto eu estiver *viva!*

Ela tentou me tirar do quarto - foi tão óbvio! Mas falei que o lugar estava tão tranquilo, vazio e limpo que eu pensava em me deitar outra vez e dormir o máximo que pudesse; e que não me chamasse nem para comer - eu avisaria assim que acordasse.

Bem, ela se foi, e os empregados se foram, e as coisas se foram, e não há mais nada além daquela grande armação da cama pregada no assoalho, com o colchão de lona que encontramos nela.

Vamos dormir no andar de baixo nesta noite e tomar o barco para casa amanhã.

Gosto bastante do quarto, agora que está vazio de novo.

Que belo estrago aquelas crianças fizeram aqui!

A armação da cama está toda mastigada!

Mas preciso começar a trabalhar.

Tranquei a porta e joguei a chave lá embaixo, no pátio de entrada da casa.

Não quero sair daqui e não quero que ninguém entre, não antes de John chegar.

Quero surpreendê-lo.

Tenho uma corda aqui em cima que nem mesmo Jennie encontrou. Se aquela mulher conseguir mesmo sair e tentar fugir, posso amarrá-la!

Mas me esqueci de que não conseguiria alcançar no alto sem ter onde subir!

Esta cama *não* sai do lugar!

Tentei levantá-la e empurrá-la até me exaurir, e acabei ficando tão furiosa que abocanhei um canto dela – mas meus dentes doeram.

Então, puxei todo o papel que consegui alcançar estando em pé no chão. Ele gruda demais e o padrão simplesmente adora isso! Todas aquelas cabeças estranguladas e olhos esbugalhados e a brotação de fungos cambaleantes chegam a gritar de tanto rir com desdém!

Estou ficando tão furiosa a ponto de fazer algo desesperado. Pular pela janela seria um ótimo exercício, mas as grades são tão fortes que nem mesmo vale a pena tentar.

Além do mais, eu não faria isso. É claro que não. Sei muito bem que uma manobra dessas é inadequada e pode ser mal interpretada.

Já não gosto mais de *olhar* pelas janelas – há tantas daquelas mulheres rastejantes, e elas rastejam tão rápido.

Será que todas elas se libertaram do papel de parede, como eu me libertei?

Mas agora estou bem presa à minha corda secreta – ninguém vai *me* levar para aquela estrada lá fora!

Imagino que terei de voltar para trás do padrão quando a noite cair, e isso é difícil!

É tão agradável estar livre, neste quarto enorme, e rastejar à vontade, como bem entender!

Não quero ir lá para fora. Não vou, mesmo que Jennie me peça.

Pois lá fora é preciso rastejar no chão, e tudo é verde em vez de amarelo.

Mas aqui posso rastejar suavemente pelo assoalho, e meu ombro se encaixa naquele borrão ao longo do quarto, então não tem como eu me perder.

Ora, John está à porta!

Não adianta, rapaz, não vai conseguir abri-la!

Como ele esgoela e soca a porta!

Agora está gritando para trazerem um machado.

Seria uma pena arrombar aquela linda porta!

– John, querido! – falei com a voz bem dócil. – A chave está no pátio da frente, perto dos degraus, debaixo de uma folha de bananeira!

Isso o silenciou por um instante.

Então ele disse bem baixinho, de fato:

– Abra a porta, meu bem!

– Não posso – respondi. – A chave está lá embaixo, perto da porta da frente, embaixo de uma folha de bananeira!

Então repeti mais uma vez, diversas vezes, devagar e com gentileza, e repeti tantas vezes que ele achou por bem conferir, e encontrou a chave, é claro, e entrou. Ele parou subitamente ao cruzar a porta.

– O que aconteceu? – perguntou ele. – Pelo amor de Deus, o que está fazendo?

Continuei rastejando mesmo assim, só olhei para ele por cima do ombro.

– Consegui me libertar, finalmente – respondi –, apesar de você e de Jennie! E arranquei a maior parte do papel, então não podem me colocar lá de volta!

Ora, por que aquele homem teria desmaiado? Mas ele desmaiou, e bem no meu caminho perto da parede; sendo assim, tive de rastejar por cima dele toda vez que precisava passar!

Três Ações de Graças

As cartas de Andrew e de Jean estavam no colo da senhora Morrison. Ela havia lido as duas, e ficou mirando-as com uma espécie de sorriso ambíguo, ora afetuoso, ora malcriado.

"Seu lugar é aqui comigo", escreveu Andrew. "Não é certo que o marido de Jean sustente minha mãe. Posso muito bem fazer isso agora. Você vai ter um bom quarto e todo o conforto de que precisa. O aluguel da velha casa será o bastante para lhe proporcionar uma pequena renda própria, ou pode vendê-la e eu invisto o dinheiro em algo que lhe renda um bom negócio. Não é certo que more aí sozinha. Sally está velha e suscetível de sofrer um acidente. Estou preocupado com você. Venha passar o feriado de Ação de Graças aqui, e venha para ficar. Aqui está o dinheiro para a viagem. Sabe que a quero bem. Annie se junta a mim e lhe envia cumprimentos afetuosos. Andrew."

A senhora Morrison leu a carta toda mais uma vez, e a pousou no colo com um sorriso sereno e reluzente. Depois leu a carta de Jean.

"Então, mãe, tem que passar o feriado de Ação de Graças conosco este ano. Pense bem! Não vê o bebê desde que ele tinha três meses! E nunca viu os gêmeos. Você nem vai reconhecer seu neto, ele está enorme, é um menino de ouro. Joe disse para você vir, é claro. E, mãe, por que não vem morar conosco? Joe a quer aqui também. Há um quartinho lá em cima; não é muito grande, mas podemos colocar um aquecedor a lenha para você e deixá-la bem confortável. Joe acha que você deveria vender a casa, esse lugar aí é um elefante branco. Diz que poderia aplicar o dinheiro na loja dele e lhe pagar uma boa taxa de juros. Eu gostaria que viesse, mãe. Adoraríamos ter você aqui. Seria um grande conforto para mim e de grande ajuda com os bebês. E Joe gosta tanto de você. Venha agora e fique conosco. Aqui está o dinheiro para a viagem. De sua afetuosa filha, Jeannie."

A senhora Morrison pôs a carta ao lado da outra, dobrou as duas e colocou-as em seus respectivos envelopes, depois em um dos vários escaninhos abarrotados da grande escrivaninha antiga. Levantou-se e andou compassadamente de um lado para outro na grande sala. Era uma mulher alta, de aspecto dominante, mas muito charmosa e atraente, de postura elegante e de caminhar suave, de uma beleza ainda imponente.

Era novembro, a última pensionista remanescente havia partido fazia muito tempo, e um inverno tranquilo se aproximava. Ela estava sozinha, exceto por Sally; e sorriu ao se lembrar da expressão cautelosa que Andrew usou, "suscetível de sofrer um acidente". Ele não podia dizer "debilitada" ou "enferma", já que Sally era uma senhora cuja cor e aspecto eram imutáveis e cheia de desenvoltura.

A senhora Morrison era sozinha, e durante todo o tempo em que viveu na Mansão Welcome nunca foi infeliz. O pai construiu aquele lugar, ela nasceu lá, cresceu brincando nos amplos gramados verdes da frente e na gigantesca quinta nos fundos. Era a melhor casa da vila e, na época, ela pensava que era a melhor do mundo.

Mesmo depois de viver com o pai em Washington e no exterior, depois de visitar salões, castelos e palácios, ela ainda achava a Mansão Welcome linda e impressionante.

Se continuasse recebendo pensionistas, poderia viver bem o ano todo e pagar os juros da pequena hipoteca, mas não a dívida. Essa havia sido a única, possível e necessária opção enquanto as crianças estavam lá, embora fosse um negócio que ela odiasse.

Mas a experiência da juventude nos círculos diplomáticos e os anos de prática na administração dos negócios da igreja a tornaram capaz de suportar isso com paciência e ser bem-sucedida. Os hóspedes costumavam confidenciar uns aos outros, enquanto conversavam na extensa varanda, que a senhora Morrison era "decerto muito refinada".

De repente Sally entrou exultante anunciando o chá da noite, e a senhora Morrison foi até a grande bandeja de prata, posta no canto iluminado da longa mesa de mogno escuro, com tanto apuro que parecia haver vinte convidados nobres diante dela.

Logo depois o senhor Butts chegou. Ele apareceu no início da noite, com seu ar habitual de determinação e elegância um tanto atípica. O senhor Peter Butts era um homem loiro de pele rosada, um pouco corpulento, um pouco pomposo, robusto e inflexível na postura de um homem bem-sucedido. Fora um menino pobre, enquanto ela, uma menina rica; e foi gratificante para ele perceber – e fazer com que ela percebesse – que haviam trocado de posição. Ele não pretendia ser descortês, seu orgulho era genuíno e manifesto. Tato, não tinha nenhum.

No frescor da mocidade, ela recusara, quase às gargalhadas, quando o senhor Butts a pediu em casamento. Na recém-viuvez, com mais delicadeza, recusou seu pedido outra vez. Ele sempre foi seu amigo e amigo de seu marido, um integrante sólido da igreja, e foi ele quem lhe concedeu a pequena hipoteca da casa. A princípio a senhora Morrison se recusou a aceitar, mas ele a convenceu com muita franqueza.

– Não se trata do meu desejo por você, Delia Morrison – dissera ele. – Sempre quis você... e sempre quis essa casa também. Não vai vendê-la, mas precisa da hipoteca. Em pouco tempo, não conseguirá saldar a dívida, e vou conseguir o que quero, percebe? Então talvez você me aceite... para poder ficar com a casa. Não seja tola, Delia. É um investimento perfeito.

Ela tomou o empréstimo. Pagou juros. Continuaria pagando os juros mesmo se tivesse que aceitar pensionistas pelo resto da vida. Mas não se casaria, custasse o que custasse, com Peter Butts.

Naquela noite ele abordou o assunto mais uma vez, otimista e firme em seu propósito.

– Deve aceitar isso, Delia – disse ele. – Poderíamos viver aqui da mesma maneira. Você já não é tão jovem, sem dúvida. Eu também não. Mas é uma governanta tão boa como sempre foi... melhor... adquiriu mais experiência.

– É muito gentil, senhor Butts – devolveu a senhora –, mas não desejo me casar com você.

– Sei que não. Já deixou isso claro. Você não quer, mas eu sim. Conseguiu o que queria e se casou com o reverendo. Ele era um bom homem, mas morreu. Agora pode muito bem se casar comigo.

– Não desejo me casar outra vez, senhor Butts. Nem com você, nem com nenhum outro.

– Isso é digno, muito digno, Delia – retrucou ele. – Não pegaria bem se você desejasse... se de alguma forma demonstrasse. Mas por que não poderia? As crianças não estão aqui... não pode mais usá-las como desculpa.

– Sim, as crianças estão encaminhadas agora, e bem – admitiu ela.

– Não quer ir morar com elas, com nenhums delas, quer? – perguntou ele.

– Prefiro ficar aqui.

– Exatamente! E não consegue! Prefere viver aqui e ser a senhora da mansão..., mas não pode fazer isso. Administrar a casa para pensionistas não é mais agradável do que administrar a casa para mim, a meu ver. É muito melhor se casar comigo.

– Prefiro administrar a casa sem você, senhor Butts.

– Sei que sim. Mas não consegue, é fato. Gostaria de saber o que uma mulher da sua idade vai fazer com uma casa como esta... e sem dinheiro? Não pode passar o resto da vida com ovos de galinhas e com a venda de frutas e vegetais. Isso não vai pagar a hipoteca.

A senhora Morrison olhou para ele com um sorriso cordial, calmo e evasivo.

– Talvez eu consiga – retrucou ela.

– A hipoteca vence em dois anos, a contar do Dia de Ação de Graças, você sabe.

– Sim, não me esqueci.

– Então, bem poderia se casar comigo agora e economizar dois anos de juros. De qualquer maneira, a casa vai ser minha... mas você vai continuar administrando-a mesmo assim.

– É muito gentil da sua parte, senhor Butts. Devo recusar a oferta, no entanto. Posso pagar os juros, tenho certeza. E talvez, daqui a um ano, eu possa pagar a dívida. Não é uma soma tão grande assim.

– Depende de como encara as coisas – disse ele. – Dois mil dólares é uma quantia considerável para uma mulher sozinha arrecadar em dois anos... *mais* os juros.

Ele se foi, otimista e determinado como sempre; e a senhora Morrison o viu partir com um brilho incisivo nos olhos estreitos, uma linha mais definida do que aquele sorriso constante e agradável.

Em seguida, ela foi passar o feriado de Ação de Graças com Andrew. O filho ficou feliz em vê-la. Annie ficou feliz em vê-la. Cheios de orgulho, eles a acomodaram no "quarto dela" e lhe disseram que deveria chamá-lo de "casa" agora.

A casa oferecida com afeto era um cômodo com cerca de três metros e meio por quatro e meio, e dois e meio de altura. Havia duas janelas, uma dando para a parede de madeira cinza pálido, ao alcance de uma vassoura, a outra contemplando a vista de vários quintalejos cercados, repletos de gatos, roupas e crianças. Havia uma árvore-do-céu[1] sob a janela, uma senhora árvore. Annie lhe contou sobre a profusão de flores que nela desabrochava. Particularmente, a senhora Morrison não gostava do cheiro daquelas flores.

– Não floresce em novembro – disse a si mesma. – Posso dar graças a isso!

A igreja de Andrew era muito parecida com a igreja do pai, e a senhora Andrew fazia o melhor que podia para desempenhar a função de esposa do ministro – fazia tudo muito bem, na verdade –, e não havia vaga para mãe de ministro.

Além disso, o trabalho que a senhora Morrison havia feito com tanto entusiasmo para ajudar o marido não era o que mais estimava, no fim das

[1] Árvore-do-céu, ou ailanto, nativa da Ásia à Austrália, cultivada como ornamental pela beleza das folhas, que chegam a um metro de comprimento. O ailanto pode atingir vinte metros de altura. (N.R.)

contas. Gostava das pessoas, gostava de administrar, mas seu ponto forte não era a doutrina. Nem mesmo o marido jamais soubera até que ponto as opiniões dela eram diferentes das dele. Ela nunca mencionou quais eram.

O grupo de Andrew foi muito educado com ela. Convidaram-na para sair, ela foi bem servida, bem tratada, e acomodada entre as damas e cavalheiros com mais idade – nunca havia percebido com tanta clareza que não era mais jovem. Ali nada lembrava sua juventude, cada ação prestimosa antecipava a idade. À noite Annie levava uma bolsa de água quente e a colocava ao pé de sua cama com amorosa solicitude. A senhora Morrison lhe agradecia e, em seguida, tirava a bolsa dali, para arejar um pouco a cama antes de se deitar. Aquela casa era muito quente para ela, comparada aos grandes cômodos ventilados de seu lar.

A pequena sala de jantar, a pequena mesa redonda com o pequeno prato decorativo no centro, o pequeno peru e os pequenos utensílios para destrinchar a ave – jogo de talheres, diria ela –, tudo aquilo a fazia se sentir como se estivesse usando o binóculo de ópera ao contrário.

Com a eficiência precisa de Annie, ela não viu espaço onde pudesse ser prestativa; nenhum espaço na igreja, nenhum espaço na pequena e movimentada cidade, próspera e progressista, e nenhum espaço na casa.

– Mal dá para me virar aqui dentro! – disse a si mesma.

Annie, que crescera em um apartamento na cidade, achava que sua pequena abadia era palaciana. A senhora Morrison cresceu na Mansão Welcome.

Ela ficou com eles por uma semana, foi agradável e educada, sociável, interessada em tudo que acontecia.

– Sua mãe é simplesmente adorável – disse Annie a Andrew.

– Mulher encantadora, a sua mãe – disse o líder dos integrantes da igreja.

– Que senhora maravilhosa sua mãe é! – disse a bela soprano.

Andrew ficou muito magoado e desapontado quando ela anunciou a decisão de continuar em seu antigo lar por enquanto.

– Querido filho – disse ela –, não deve levar a mal. Adoro estar com você, é claro, mas amo minha casa e quero mantê-la enquanto puder. É um grande prazer ver você e Annie tão bem acomodados, e tão felizes juntos. Sou muitíssimo grata por ter você.

– Minha casa está de portas abertas para você, sempre que quiser, mãe – devolveu Andrew, ainda um pouco zangado.

A senhora Morrison voltou para casa tão ansiosa quanto uma menina, e abriu a porta com a própria chave, apesar da impaciência de Sally.

Dois anos era o tempo que tinha para encontrar uma forma de sustentar a si mesma e a Sally, e pagar os dois mil dólares e os juros a Peter Butts. Ela considerou seus bens. Havia a casa – o elefante branco. Era *mesmo* grande, muito grande. Estava abarrotada de mobília. O pai, como o cavalheiro sulista e hospitaleiro que era, recebia visitas com extravagância. Os quartos tinham banheiro – um tanto deteriorados pelos pensionistas, mas ainda eram muitos e habitáveis. Pensionistas – ela os abominava. Eram pessoas de longe, forasteiros e intrusos. A senhora Morrison examinou a casa do porão ao sótão, do portão da frente à cerca do quintal.

Para o quintal, havia grandes possibilidades. Ela gostava de cultivar e entendia muito bem disso. Ela o mediu e fez alguns cálculos.

– Este quintal – decidiu-se por fim – e as galinhas vão alimentar nós duas e ainda pago Sally com o dinheiro das vendas. Se fizermos bastante geleia, talvez dê para pagar as despesas do carvão também. Com relação às roupas, não preciso de nenhuma. Duram de uma forma admirável. Posso administrar isso. Posso *sobreviver*... mas dois mil dólares... *mais* os juros!

No grande sótão havia mais mobília, conjuntos inteiros desprezados, encostados ali quando sua jovem e extravagante mãe encomendou novos. E cadeiras... havia incontáveis cadeiras. O senador Welcome costumava receber convidados para entreter os amigos políticos. Haviam proferido brilhantes discursos cerimoniais nas amplas salas de dois ambientes: os fervorosos oradores ficavam em pé sobre um palanque provisório, agora no porão, enquanto os ouvintes entusiasmados se acomodavam, sem muito conforto, nas fileiras apinhadas de "cadeiras dobráveis", que às vezes se dobravam, e deixavam o visitante enrubescido de vergonha no chão.

Ela deixou escapar um suspiro ao recordar os dias vívidos e as noites glamorosas. Costumava se esgueirar lá embaixo, vestida no pequeno penhoar rosa, para escutar os discursos. Deleitava sua jovem alma ver o pai se erguendo nas pontas dos pés, voltando os calcanhares no chão com rispidez, batendo uma mão sobre a outra; e depois ouvir a salva de palmas.

Lá estavam as cadeiras, com frequência emprestadas para casamentos, funerais e assuntos da igreja, um tanto desgastadas e surradas, mas ainda em grande número. A senhora Morrison refletiu sobre aquilo. Cadeiras... centenas de cadeiras. Não conseguiria vendê-las por um bom preço.

Ela foi até a rouparia. Um estoque esplêndido dos velhos tempos; sempre lavado com muito cuidado por Sally; sobrevivendo até mesmo aos pensionistas. Uma infinidade de roupas de cama, toalhas, guardanapos e toalhas de mesa.

– Daria para montar um bom hotel... mas *não posso* fazer isso... *não posso!* Além do mais, não há necessidade alguma de outro hotel aqui. A pobre e pequena Casa Haskins nunca está lotada.

O estoque de porcelanas chinesas no armário estava mais deteriorado do que outras coisas, com toda certeza; mas ela inventariou tudo com cautela. As inúmeras xícaras das recepções abarrotadas da igreja predominavam largamente. Adicionadas mais tarde, essas xícaras não eram muito caras, mas eram incontáveis, espantosamente.

Ao deixar a longa lista de bens em ordem, ela se sentou e a estudou com a mente tranquila e audaciosa. Hotel... pensão... não conseguia pensar em mais nada. Escola! Uma escola de meninas! Um internato! Podia-se fazer dinheiro com isso, e era um bom trabalho. Foi uma ideia brilhante, a princípio, e ela dedicou várias horas, além de muito papel e tinta, para deliberação plena. Mas precisaria de capital para a publicidade; deveria contratar professores – uma responsabilidade decisiva; e até a inauguração, bem, seria necessário tempo.

O senhor Butts, homem obstinado, pertinaz, sufocantemente afetuoso, não lhe daria tempo. Tinha a intenção de forçá-la a se casar com ele para o bem dela – e o dele próprio. Seus ombros estreitos estremeceram com um curto arrepio. Casar-se com Peter Butts! Nunca! A senhora Morrison ainda amava o marido. Algum dia pretendia vê-lo outra vez, com a graça de Deus, e não desejava ter que dizer a ele que, aos 50 anos, tinha sido levada a se casar com Peter Butts.

É melhor morar com Andrew. No entanto, só de cogitar em morar com Andrew, teve outro tremelique. Ao empurrar as folhas com os números e a lista de bens pessoais para trás, levantou-se na graciosidade de sua estatura e começou a andar. Havia muito chão pelo qual andar. Ela ponderou, com profunda consideração, a cidade e as pessoas da cidade, a região circundante, as centenas e centenas de mulheres que conhecia – de quem gostava, e que gostavam dela.

Costumava-se dizer que o senador Welcome não tinha inimigos; e algumas pessoas, forasteiras, propensas à maldade, não achavam que isso era um mérito de seu caráter. Ela mesma, filha do senador, não tinha inimigos, mas ninguém nunca a culpou pelo excesso de simpatia. Nos eventos por atacado do pai, toda a cidade a reconhecia e a admirava; na popular igreja do marido, ela chegou a conhecer as mulheres da área rural. A mente dela se ateve àquelas mulheres, esposas de fazendeiros, afastadas no conforto da vida simples, mas ávidas por companhia, por incentivos esporádicos e entretenimento. Fora uma de suas alegrias na época de casada, reunir aquelas mulheres – para instruí-las e entretê-las.

De repente, ela parou no meio da enorme sala de pé-direito alto e levantou a cabeça, sentindo-se orgulhosa como uma rainha triunfante. Um olhar arregalado, vitorioso e arrebatador, ela lançou sobre as paredes tão benquistas, depois voltou para a escrivaninha, trabalhando com agilidade e entusiasmo por horas noite adentro.

* * *

Em pouco tempo a pequena cidade começou a sussurrar, e o murmúrio se propagou para longe, até as áreas rurais circundantes. Gorros balançavam sobre as cercas; carrinhos de açougueiro e carrocinhas de mascates levaram a notícia mais longe, e senhoras de fora encontraram um assunto entre mil casas.

A senhora Morrison seria a anfitriã. Ela convidara toda a população feminina, ao que parecia, para conhecer a senhora Isabelle Carter Blake, de Chicago. Até Haddleton já havia ouvido falar da senhora Isabelle Carter Blake. E nem mesmo Haddleton tinha outra coisa senão admiração por ela.

Era conhecida no mundo todo por seu esplêndido trabalho com crianças – crianças em idade escolar e crianças que trabalhavam no campo. Também era conhecida por ter criado seis filhos com amor e sabedoria, e feito de seu marido um homem feliz no lar. Ademais, recentemente escrevera um romance, um romance popular, de que todos falavam; e, além disso, era amiga íntima de uma certa condessa notável, uma italiana.

Houve até rumores, espalhados por alguns que conheciam a senhora Morrison melhor do que outros – ou pensavam que conheciam –, de que a condessa também estaria lá! Antes ninguém sabia que Delia Welcome fora colega de escola da senhora Carter Blake, e uma amiga de longa data; e só isso já era motivo de falatório.

O dia chegou e as convidadas chegaram. Elas apareceram às centenas e encontraram um amplo espaço na grande casa branca.

A convidada dos sonhos estava lá – a condessa, também. Com exultante alegria elas a recepcionaram, e ficaram marcadas pela vida toda, já que aquelas enormes ondas crescentes de reminiscência nos encantam cada vez mais com o passar dos anos. Foi uma honra incrível – a senhora Isabelle Carter Blake, *e* uma condessa!

Algumas se comoveram ao notar que a senhora Morrison parecia ser a aristocrata calma dentre as insignes damas, e tratava a nobreza estrangeira exatamente como tratava as outras amigas.

Ela falou, a voz clara e tranquila alcançou o ruído murmurante e o silenciou.

– Vamos para a sala leste? Se todas ocuparem as cadeiras na sala, a senhora Blake vai nos fazer a gentileza de falar algumas palavras. Talvez sua amiga também…

Elas se apinharam na sala, sentando-se, um tanto receosas, nas cadeiras desdobradas.

Em seguida a ilustre senhora Blake fez um discurso de poder e beleza memoráveis, que recebeu vívida sanção da presença imponente, vestida em trajes parisienses, ao seu lado no palanque. A senhora Blake lhes contou do trabalho em que estava empenhada e do apoio que recebia dos clubes femininos de todos os lugares. Revelou-lhes o número de clubes e descreveu com entusiasmo contagiante como essas reuniões eram inspiradoras. Falou das sedes dos clubes femininos, que cresciam de cidade em cidade, onde muitas associações se reuniam e se ajudavam. Ela era cativante, convincente e muito divertida – uma oradora extremamente fascinante.

Elas tinham um clube feminino lá? Não, não tinham.

Ainda não, insinuou ela, acrescentando que não demorava nada para se criar um.

As mulheres ficaram encantadas e impressionadas com o discurso da senhora Blake, mas o efeito foi ainda maior depois do discurso da condessa.

– Também sou americana – disse ela –, nascida aqui, mas fui criada na Inglaterra e me casei na Itália.

Ela comoveu corações com um relato ardoroso dos clubes e associações femininas de toda a Europa, e de tudo o que vinham realizando. Voltaria em breve, dissera ela, mais sábia e feliz por causa da visita a sua terra natal, e se lembraria em especial daquela cidade bela e tranquila, confiando que se voltasse para lá a cidade teria se unido à grande irmandade de mulheres, "que estavam dando as mãos ao redor do mundo para o bem comum".

Foi um grande acontecimento.

A condessa partiu no dia seguinte, mas a senhora Blake permaneceu e discursou em algumas das reuniões da igreja para um círculo cada vez maior de admiradoras. Suas sugestões eram práticas.

– O que precisam aqui é de um "Clube de Acolhimento" – disse ela. – Aqui estão todas vocês, mulheres, vindas do campo para fazer compras... e sem um lugar para onde ir. Sem um lugar onde possam repousar se ficarem cansadas, encontrar uma amiga, comer em paz, arrumar o cabelo. Tudo o que precisam fazer é se organizar, investir uma pequena quantia mensal e proporcionar a si mesmas o que desejam.

Houve uma avalanche de perguntas e sugestões, um pouco de oposição, muita atividade aleatória.

Quem se encarregaria daquilo? Qual era o local adequado? Teriam que contratar alguém para gerenciar o espaço. Seria usado apenas uma vez por semana. Custaria muito caro.

A senhora Blake, ainda prática, fez outra sugestão.

– Se possível, por que não combinar negócios com lazer e aproveitar o melhor espaço da cidade? *Acredito* que a senhora Morrison poderia ser persuadida a deixar vocês usarem parte da casa, que é bem grande para uma única mulher.

Em seguida, a senhora Morrison, despretensiosa e cordial como sempre, foi recebida com caloroso entusiasmo pelo amplo círculo de amigas.

– Tenho pensado nisso – disse ela. – A senhora Blake vem discutindo o assunto comigo. Minha casa é com certeza grande o bastante para vocês, e lá estou, com nada a fazer senão ser sua anfitriã. Vamos imaginar que criem o tal clube de que falam... de Acolhimento. Minhas salas de estar são grandes o bastante para todo tipo de reuniões, há quartos aos montes para descansarem. Se criarem esse clube, vou ficar feliz em ajudá-las com minha casa grande e sólida, ficarei encantada em ver tantas amigas lá sempre, e acredito que consiga fornecer acomodações mais em conta do que encontrariam em qualquer outro lugar.

Em seguida, a senhora Blake lhes revelou fatos e cifras, mostrando o custo das sedes, e como os preparativos custariam pouco.

– A maioria das mulheres tem pouco dinheiro, bem sei – disse ela –, e odeiam gastá-lo consigo mesmas quando o têm. Mas o pouco de cada uma se torna muito quando é somado. Imagino que não haja uma de nós tão pobre a ponto de não conseguir se apertar um pouquinho e dispor de, digamos, dez centavos por semana. A cada cem mulheres, seriam dez dólares. Conseguiria alimentar cem mulheres cansadas por dez dólares, senhora Morrison?

A senhora Morrison sorriu com cordialidade.

– Não com torta de frango – respondeu ela –, mas acredito que poderia lhes oferecer chá e café, biscoitos e queijo por essa quantia. E um lugar tranquilo para descansar, uma sala de leitura e um lugar para realizar reuniões.

Então a senhora Blake quase as fez cair para trás com sua inteligência e eloquência. Deu a entender que a coparticipação nas acomodações palacianas da Mansão Welcome, incluindo os maravilhosos chás e cafés da velha Sally, um lugar para se reunirem, relaxarem, conversarem, pernoitarem, estava ao alcance delas por apenas dez centavos semanais cada. Ela as aconselhou a abraçar o acordo de uma vez antes que o natural bom senso da senhora Morrison superasse seu entusiasmo.

Antes que a senhora Isabelle Carter Blake partisse, Haddleton já tinha um grande e ansioso clube feminino, com todas as despesas, exceto papelaria e postagem, inclusas nos dez centavos semanais *per capita* pagos à senhora Morrison. Todas se associaram. O clube foi aberto de imediato para os membros fundadores, e todas insistiam em reivindicar aquele lugar privilegiado.

Elas se filiaram às centenas, e de cada integrante a pequena soma chegava à senhora Morrison toda semana. Era bem pouco dinheiro, considerando separadamente. Mas se somava com uma velocidade silenciosa. Chá e café eram comprados a granel, biscoitos em barril e queijos inteiros – esses gastos não eram supérfluos. A cidade estava repleta de ex-alunos da escola dominical da senhora Morrison, que lhe forneciam o melhor que tinham – a preço de custo. Havia uma boa dose de trabalho, uma boa dose de preocupação e muito espaço para toda a guarnição de talento diplomático e experiência da senhora Morrison. Aos sábados a Mansão Welcome encontrava-se tão lotada quanto possível, e aos domingos encontrava-se a senhora Morrison na cama. Mas ela gostava daquilo.

O ano agitado e cheio de esperança passou voando, e então ela foi passar o feriado de Ação de Graças na casa de Jean.

O quarto que Jean arrumou para ela era quase do mesmo tamanho que seu refúgio na casa de Andrew, mas era um lance de escada acima e tinha o teto inclinado. A senhora Morrison arrepiou-se ao ver aquilo e, perplexa, passou as mãos no cabelo escuro. Depois balançou a cabeça com determinação renovada.

A casa estava cheia de bebês. Havia o pequeno Joe, capaz de se locomover para qualquer lugar e entrar em todos. Havia os gêmeos, e havia o recém-nascido. Havia uma empregada, sobrecarregada e irritadiça. Havia uma babá jovem, desqualificada, totalmente ineficiente. Havia Jean, feliz mas exausta, cheia de alegria, desassossego e afeto, orgulhosa dos filhos, orgulhosa do marido, e radiante por poder abrir o coração para a mãe.

De hora em hora ela tagarelava sobre suas preocupações e esperanças, enquanto a senhora Morrison, alta e elegante na velha seda preta bem conservada, segurava o bebê ou tentava segurar os gêmeos. A velha seda estava um farrapo no fim da semana. Joseph também conversou com ela, contando que estava se saindo bem e que precisava muito de capital, pedinchando que ela fosse morar lá – seria de grande ajuda para Jeannie –, fazendo perguntas sobre a casa.

Não recebiam visitas com frequência lá. Jeannie não podia deixar os bebês. E as poucas visitantes eram mães igualmente sobrecarregadas – o pequeno subúrbio estava repleto delas. Essas mães acharam a senhora Morrison encantadora. O que a senhora Morrison achou delas, não disse. Despediu-se afetuosamente da filha quando a semana terminou, sorrindo, o contentamento era recíproco.

– Adeus, meus queridos – disse ela. – Estou muito contente por estarem tão felizes. Sou grata por ter vocês dois.

Mas estava mais grata por voltar para casa.

O senhor Butts não precisou pedir o pagamento dos juros dessa vez, mas se pronunciou mesmo assim.

– Ora essa! Como foi que conseguiu isso, Delia? – reivindicou ele. – Extorquiu o dinheiro daquelas mulheres do clube?

– Cobro juros bem razoáveis, senhor Butts, é mais fácil de pagar do que imagina. – Foi a resposta dela. – Sabe qual é a média de juros que cobram no Colorado? As mulheres votam lá.

Ele foi embora sem conseguir outras informações pessoais além dessas; e nem um pouco mais perto de conquistar seus dois objetos de desejo do que acalentava no ano anterior.

– Mais um ano, Delia – ele disse. – E terá que ceder.

– Mais um ano! – ela repetiu para si mesma, e retornou com as energias renovadas ao trabalho que escolhera.

A base financeira do empreendimento era muito simples, mas nunca teria funcionado tão bem sob uma administração menos competente. Essas mulheres do campo não aceitariam pagar cinco dólares por ano, mas dez centavos por semana eram plausíveis até para as mais pobres. Não havia dificuldade com as cobranças, pois os pagamentos eram espontâneos; não havia nenhum incômodo nos recebimentos, pois a velha Sally ficava na recepção e apresentava a caixinha do dinheiro quando as freguesas iam tomar chá.

Aos sábados, sempre bastante movimentados, as grandes urnas de chá e café eram postas para funcionar, as imponentes gamas de xícaras eram organizadas em fácil alcance, as damas formavam uma fila, cada uma fazia sua refeição e deixava uma moeda. O desafio consistia em aumentar o número de integrantes e manter a assiduidade, e esse desafio estava justamente à altura dos esplêndidos talentos da senhora Morrison.

Serena, alegre, discretamente dinâmica, planejando como a estadista nata que era, executando como uma política hábil, a senhora Morrison se dedicou ao trabalho e prosperou nos negócios. De círculo em círculo, e de grupo em grupo, ela desenvolveu pequenas classes e áreas de atuação e aos poucos criou um clube de rapazes na grande sala sobre o depósito de lenha, clubes de moças, clubes de leitura, clubes de estudo, pequenas reuniões de todo tipo que não eram realizadas em igrejas, e algumas que eram – anteriormente.

Para cada participante havia, se assim quisesse, chá e café, biscoitos e queijo; comida simples, de excelência invariável, e de cada um entravam na caixinha dez centavos por esses aperitivos. Dos sócios do clube, a quantia era semanal; e os sócios do clube, motivados por uma variedade constante de interesses, iam todas as semanas. Quanto aos números, antes que os primeiros seis meses terminassem, o Clube de Acolhimento de Haddleton já contava com quinhentas mulheres.

Agora, quinhentas vezes dez centavos por semana são dois mil e seiscentos dólares por ano. Dois mil e seiscentos dólares por ano não seria o bastante para construir ou alugar uma casa grande e prepará-la para receber quinhentas pessoas, considerando cadeiras, sofás, livros e revistas, refeições e atendimento; mesmo servindo comida e bebida das mais modestas. Mas quando se é milagrosamente provido de uma sede, mobiliada, com gerente e empregado no local, então essa quantia de dinheiro ia longe.

Aos sábados a senhora Morrison contratava dois ajudantes para trabalhar meio período, pagando meio dólar a cada um. Abastecia a biblioteca com muitas revistas por cinquenta dólares ao ano. Cobria os custos de lenha, luz e despesas variadas com outra centena de dólares. E alimentava a multidão de fregueses com os quitutes modestos, conforme haviam combinado, gastando cerca de quatro centavos por pessoa.

Quanto aos entretenimentos que aconteciam em paralelo, os muitos convidados e as variadas novas despesas envolvidas, ela também pagava; e ainda assim, no final do primeiro ano, não juntou apenas o valor dos juros, mas sólidos mil dólares de lucro líquido. Com um sorriso tranquilo, ela o examinou e amontoou as notas em maços organizados no pequeno cofre na parede atrás de sua cama. Nem mesmo Sally sabia que o dinheiro estava ali.

A segunda temporada foi melhor que a primeira. Houve dificuldades, agitação e até um pouco de oposição, mas ela encerrou o ano triunfante.

– Depois disso – disse a si mesma –, pode até cair um dilúvio.

Ela faturou para todas as despesas, faturou para os juros, faturou para guardar um pouco de dinheiro extra, claramente só dela, sem contar o segundo milhar de dólares.

Depois escreveu para o filho e a filha, convidando os dois e suas famílias para passar o feriado de Ação de Graças lá com ela, e encerrou cada carta feliz e orgulhosa: "Aqui está o dinheiro para a viagem".

Todos foram até lá, com as crianças e duas babás. Havia muito espaço na Mansão Welcome, e muita comida na longa mesa de mogno. Sally estava ágil como uma lebre, resplandecente de escarlate e púrpura. A senhora Morrison destrinchou o grande peru com a elegância de uma rainha.

– Não parece estar sobrecarregada com o clube feminino, mãe – disse Jeannie.

– É Ação de Graças, por isso estão todas em casa. Espero que elas estejam tão felizes, tão gratas por seus lares quanto estou pelo meu – devolveu a senhora Morrison.

Na sequência, o senhor Butts chegou. Com dignidade, inabalável compostura, a senhora Morrison lhe entregou o pagamento dos juros – e da dívida.

O senhor Butts quase relutou em recebê-lo, embora tivesse passado a mão no cheque azul automaticamente.

– Não sabia que a senhora tinha conta no banco – protestou ele, um tanto duvidoso.

– Ah, sim, você vai ver que o cheque será compensado, senhor Butts.

– Gostaria de saber como conseguiu o dinheiro. *Não pode* ter esfolado a clientela do seu clube.

– Aprecio o seu interesse amigável, senhor Butts. Tem sido muito gentil.

– Acho que um desses seus grandes amigos emprestou dinheiro a você. Não é uma situação melhor, posso lhe garantir.

– Ora, ora, senhor Butts! Não discuta com uma boa quantia nas mãos. Vamos encerrar o assunto como amigos.

E assim encerraram o assunto.

Onde o coração está

1

Uma pequena cidade de pedras, muito antiga, erguida sobre uma formação rochosa, com pavimentação rochosa, cercada por uma muralha rochosa de vinte séculos.

Um gueto, um gueto antigo, entulhado em um canto pedregoso da cidade pedregosa; as fronteiras íngremes e estreitas não confinam mais do que o preconceito de ferro que os construiu.

No gueto – vida, vida humana; marcada a ferro, conservada em suas formas elementares, com uma vitalidade adquirida a um preço terrível imposto pela natureza... sobrevivendo à lenta extinção.

Essa vida, negada à maioria, só encontra alegria no profundo amor feroz da família e do lar. Esse lar é um cômodo, um cômodo baixo e estreito, insalubre, escuro, incrivelmente abarrotado, ainda assim transbordando de tanto amor.

Ali havia paz. Ali havia Honra, com a qual se enfrentava o Menosprezo exterior. Ali havia Segurança – a única segurança conhecida. Ali, acima de tudo, havia Amor, Amor ferido e trançado com o laço do sangue, enraizado pela religião, intensificado por séculos de pressão implacável, fortalecido milhares de vezes pela crueldade ininterrupta das circunstâncias. Amor de um pela família; da família pelo lar; do lar, desnovelado de geração em geração – um único cômodo!

Um milagre! Uma filha dessa casa, desgarrada quando criança, encontrada por viajantes excêntricos, levada à Inglaterra, criada com amor e zelo e com uma invulgar beleza exótica, casa-se com um grande latifundiário, tão perdido na devoção de seu amor que lhe deu tudo o que tinha e, ao morrer, deixou-a como herdeira da vastidão de propriedades.

Depois dela, sua família herda as propriedades, e aparece para tomar posse.

Passam entre as altas colunas dos portões; percorrem as alamedas sombreadas, um pequeno grupo, apinhado e silencioso, tímido, pouco à vontade. Sobem os largos degraus do terraço de mármore branco, as crianças se amontoando, a mãe amedrontada, o pai se esforçando para sustentar esse novo orgulho estranho sob o fardo intumescido pelo tempo de humilhação e medo.

Esses salões colossais, essas escadarias de curvas largas, esses aposentos nobres, até mesmo essas cozinhas enormes e essas instalações conglomeradas são, para esse tímido grupo, tão grandes e desolados assim como os desertos ou o mar.

Procuram por um cômodo, um cômodo que seja pequeno, baixo e escuro o bastante; chegam, por fim, a um quartinho acolhedor e aconchegante... apinham-se nele com um afeto tumultuoso, e encontram um lar!

É no lar onde está o coração!

2

Uma nova era em que o novo poder conquistou um novo elemento, e os marinheiros do céu buscam descobertas maiores em comparação com as quais o antigo "novo mundo" não passava de uma aventura no quintal. Nosso pequeno mundo agora, conhecido de costa a costa e de polo a polo; suas dificuldades resolvidas, suas energias totalmente dominadas; sua doce utilidade e conforto infalível, a alegria comum de todos.

A ciência do futuro, acumulando maravilhas sobre maravilhas, manipulando energia radiante, empacotando ar comprimido para longas viagens ao espaço sideral, envia algumas naves espaciais em extraordinárias missões de exploração interestelar. Por dias, semanas, eles volteiam, a velocidade inacreditável, nossa terra um grão, nossa Lua invisível, nosso Sol uma estrela entre as outras agora; então, feito o trabalho, viram a proa pontiaguda e estudam os vastos mapas para o retorno.

Daquela escuridão, mais vasta que nossas mentes, de volta da terrível estranheza de novas estrelas, eles se viram e voam. Todos conhecem seus mapas, todos têm seus telescópios, todos veem aquele velho sistema familiar flutuando, cada vez mais perto. Saúdam o Sol como nós saudamos Fire Island[2]... e a Lua como Sandy Hook[3].

Mas aquela pequena estrela, cada vez maior agora, seu brilho celestial desvanecendo-se suavemente até alcançar o resplendor caloroso da beleza terrestre, surgindo redonda e cheia, finalmente... ah! Como estão sufocados, como clamam para ver aquilo!

Mais perto... a superfície azul do mar que tudo envolve, o verde dos continentes intrometidos; agora eles conseguem reconhecer o hemisfério... as lágrimas escorrem... estão em casa!

É no lar onde está o coração!

---

[2] A maior ilha paralela à costa sul de Long Island, que é a extensão de Nova Iorque a leste. (N.R.)

[3] Pequena ilha ao sul de Nova Iorque. (N.R.)

O amigo do segundo andar

No último andar de uma pensão em Nova Iorque morava uma atriz particularmente atraente. Além de atriz, também era viúva, não divorciada, mas uma simples viúva; e ela insistia em atuar usando o nome verdadeiro, senhora Leland. O agente se opôs, mas sua reputação era boa o suficiente para que pudesse levar a questão adiante.

– Isso vai lhe custar muito dinheiro, senhora Leland – disse seu empresário.

– Já ganho muito dinheiro – respondeu ela.

– Não vai atrair tantos… admiradores – devolveu ele.

– Já tenho muitos admiradores – retrucou ela, o que era uma verdade evidente.

Ela aparentava bem menos de 30 anos, mesmo à luz do dia, e cerca de 18 no palco. Quanto aos admiradores… pelo jeito, pensavam que "senhora Leland" era um nome artístico escolhido com cautela.

Além de viúva, era mãe, tinha um menino pequeno com uns 5 anos; e esse garotinho não se parecia em nada com uma "criança de palco", era um malandrinho saudável do tipo comum, de pele morena.

Com o menino, uma excelente tutora e uma empregada, a senhora Leland morava no último andar da pensão, e gostava de lá. Tinha uma grande sala na frente, para receber visitas; e um pequeno quarto com claraboia, para dormir. O quarto do menino e o quarto da tutora, com janelas ensolaradas pelos raios do sol, ficavam nos fundos, e a empregada dormia no sofá da sala. Era uma senhora negra, chamada Alice, e parecia não se importar onde dormia, nem sequer se dormia.

– Nunca me senti tão bem na vida – disse a senhora Leland aos amigos. – Estou aqui há três anos e pretendo ficar. Não se parece em nada com qualquer pensão que já vi, e não se parece em nada com qualquer casa em que já morei. Tenho a privacidade, o desapego, a despreocupação de morar em uma pensão e o "conforto de um lar". Lá em cima tenho o meu cantinho, com toda a privacidade que se pode querer. Minha Alice cuida dele... as empregadas só entram enquanto estou fora. Posso comer com os outros lá embaixo, se quiser. Mas não me apetece na maioria das vezes, e pelo elevador de comida vem minha refeição... quentinha e saborosa.

– Mas... tem que socializar com um bando de pensionistas promíscuos! – devolveram os amigos.

– Veja bem, não me socializo. Simples assim. Além disso, eles não são promíscuos. Não há sequer uma pessoa na casa agora com quem eu não tenha um tipo de amizade. Assim que um quarto era desocupado, logo eu sugeria alguém... e aqui estamos nós. É perfeito.

– Mas *gosta* mesmo de um quarto com claraboia? – Os amigos da senhora Leland continuavam fazendo perguntas.

– De jeito nenhum! – respondeu ela de imediato. – Odeio isso. Eu me sinto como um peixe no aquário!

– Então por que é que, em nome da razão...?

– Porque consigo dormir lá! *Dormir!* É a única maneira de se ter sossego em Nova Iorque, e tenho que dormir até tarde, isso quando durmo. Mandei consertar a claraboia para penetrar muito ar fresco... e não muita chuva! E lá estou. Johnny é praticamente amordaçado e silenciado, por assim dizer, e levado lá para baixo o mais cedo possível. Ele toma o café da manhã e a coitada da senhorita Merton tem que sair e brincar com ele, faça chuva ou faça sol, exceto na hora de ir para a escolinha. Depois, Alice se senta na escada e mantém todos longe até que eu toque a campainha de serviço.

Talvez fosse graças ao sossego, ao ar fresco e ao repouso até quase a hora do almoço que a senhora Leland conseguia preservar a envolvente jovialidade, a vívida e incerta beleza. "Ela tem cara de ser muito inteligente, mas não é bonita", falavam dela às vezes. O que era verdade. Não era bonita. Mas às vezes surpreendia com seu encanto repentino.

Tudo isso era observado pelo amigo do segundo andar que queria se casar com ela. Não era o único nessa empreitada: nem como amigo, pois tinha muitos; nem como amante, pois os tinha ainda mais. Em primeiro lugar, ele se distinguia por suas oportunidades como corresidente, razão pela qual era odiado com intensidade pelos outros tantos. E, em segundo, manteve-se como amigo apesar de ser amante, e manteve-se como amante apesar de ser categoricamente rejeitado.

Na lista telefônica, o nome dele estava como "Arthur Olmstead, negócios imobiliários", escritório disso e residência daquilo – foi como ela o achou depois do primeiro encontro. Era um homem baixinho, robusto, com semblante calmo e gentil e sorriso um tanto enigmático. Parecia ganhar todo o dinheiro de que precisava, ocupava os dois cômodos e o amplo closet do seu andar com grande contentamento, e manifestava um gosto totalmente inadequado pela vida doméstica, convidando os amigos para tomar chá.

– Até parece uma mulher! – a senhora Leland disse a ele.

– E por que não? As mulheres têm muitos hábitos fascinantes. Por que não os imitar? – perguntou ele.

– Um homem não quer parecer afeminado, tenho certeza – atacou um rapaz descorado, janota, com meias trabalhadas nos pés finos e um lenço perfumado.

O senhor Olmstead deu um largo sorriso amigável. Ele estava em pé, perto do rapaz, um pouco atrás dele, e naquele momento pôs as mãos sob os braços do jovem, levantou-o e botou-o de lado, como se fosse um mero bengaleiro.

– Perdoe-me, senhor Masters – disse ele, imponente –, mas estava pisando no vestido da senhora Leland.

O senhor Masters estava muito absorto em se desculpar com a dama para se ofender com a maneira pela qual foi posto de lado; mas ela não estava tão desatenta. Tentou fazer isso com seu garotinho depois, e descobriu que ele era muito pesado.

Quando ela voltava para casa de uma caminhada ou de um passeio ao pôr do sol no início do inverno, aquela grande sala discretamente mobiliada, a lareira acesa, o excelente chá e o delicado pão fino com manteiga eram muito relaxantes.

– São apenas dois andares até minha casa – dizia ela. – Tenho que dar uma passada lá.

A primeira vez que ele começou a fazer o pedido de casamento, ela tentou impedi-lo.

– Ah, por favor, não! – clamou ela. – *Por favor,* não! Há uma infinidade de razões pelas quais não vou me casar com ninguém outra vez. Por que nenhum de vocês, homens, pode ser gentil comigo sem… fazer isso! Agora não posso mais vir aqui para tomar chá!

– Gostaria de saber por que não – disse ele, muito tranquilo. – Não tem que se casar comigo se não quiser, mas isso não é motivo para cortar relações, é?

Ela o fitou, espantada.

– Não estou ameaçando me matar, estou? Não pretendo ir para o inferno. Gostaria de ser seu marido, mas já que não posso… não poderia ser como um irmão para você?

Chegou a pensar que ele estava zombando dela, mas não… o pedido veio com um anel de verdade.

– E você não… não vai…? – Parecia uma presunção descarada pensar que sim, ele parecia tão forte, calmo e amigável.

– Não vou importunar você? Não vou lhe impor um afeto indesejado e me privar de uma amizade tão agradável? Claro que não. Seu chá está frio, senhora Leland… vou lhe servir outra xícara. Então, acha que a senhorita Rose vai se sair bem no papel de Angelina?

Assim, naquele momento, a senhora Leland ficou com o coração aliviado, e à vontade para desfrutar da grandiosa comodidade daquela relação. O pequeno Johnny gostava muito do senhor Olmstead, que sempre o tratava com respeito e conseguia ouvir suas histórias de luta e glória com mais inteligência do que a mãe ou a tutora. O senhor Olmstead mantinha um estoque sortido de coisas interessantes; não de brinquedos, nunca, mas de coisas reais que não eram feitas para garotinhos brincarem. Nenhum menino gostaria de brincar com bonecos, por exemplo, mas qualquer garoto no mundo ficaria deslumbrado com um bonequinho de madeira capaz de fazer malabarismos inéditos. Soldadinhos de chumbo eram comuns, mas as bandeiras de todos os países... bandeiras reais, e histórias verdadeiras sobre elas eram interessantes. Arcas de Noé eram baratas e pouco confiáveis, do ponto de vista científico, mas os leões de Barye[4], os elefantes de marfim e os três macacos sábios do Japão exerciam uma atração infalível. E os livros que aquele homem tinha... livros enormes e maciços, que podiam ser abertos no chão, e o garotinho se deitava ali com sossego e conforto!

A senhora Leland mexeu o chá e ficou observando-os até Johnny ser levado lá para cima.

– Por que não fuma? – ela perguntou de repente. – Ordens médicas?

– Não... minha nossa! – respondeu ele. – Nunca fui a um médico na vida.

– Nem dentista, imagino.

– Nem dentista.

– É melhor bater na madeira! – disse ela.

– E invocar as divindades protetoras[5]? – perguntou ele, sorrindo.

– Ainda não me respondeu por que não fuma! – disse ela de repente.

– Não respondi? – perguntou ele. – Que grosseria da minha parte. Mas escute bem. Tem uma coisa que queria perguntar a você. Veja só, não estou forçando respostas sobre mim mesmo; mas, como irmão, você se incomodaria em me contar algumas dessas inúmeras razões pelas quais não vai se casar com ninguém?

---

[4] "O leão e a serpente" é uma das primeiras composições do escultor francês Antoine-Louis Barye (1795-1875). A escultura em bronze é um ícone do movimento romântico e resume o fascínio pelo animalismo no período. (N.T.)

[5] No original consta o termo "Uncle Reuben", personagem da literatura infantil norte-americana criado por Francis Channing Woodworth (1812–1859). O termo é usado aqui para insinuar que a senhora Leland (com quem o personagem Olmstead conversa) é supersticiosa, infantil. (N.T.)

Ela o encarou com desconfiança, mas ele estava muito seguro e calmo, como de costume, olhava para ela de forma agradável e não demonstrava ter segundas intenções.

– Ora, não me incomodo – ela começou com calma. – Primeiro... já fui casada... e fui muito infeliz. Já é motivo de sobra.

Ele não a contrariou, apenas disse:

– Esse é um. – Depois anotou a resposta em uma caderneta.

– Nossa, senhor Olmstead! Você não é repórter, é?!

– Ah, não, mas quero esclarecer seus motivos e refletir sobre eles – explicou-se. – Você se incomoda? – E fez menção de fechar a caderneta.

– Não tenho certeza se me incomodo – respondeu ela, tranquila. – Mas isso parece tão... formal.

– É um assunto muito sério, senhora Leland, como já deve saber. Muito além de qualquer desejo pessoal que eu tenha, sou mesmo "seu amigo sincero e benquerente", como diz no livro *Complete letter writer*[6], e há muitos homens querendo se casar com você.

Disso ela sabia muito bem, e fixou o olhar pensativo na ponta do seu pequeno chinelo de quarto, pousado sobre uma banqueta diante do fogo.

O senhor Olmstead também fitou a ponta do chinelo com apreço.

– Qual é o próximo? – perguntou ele, exultante.

– Sabe que você é um verdadeiro conforto – disse ela, de repente. – Nunca conheci um homem que pudesse... bem, deixar de ser homem por um momento e ser apenas um ser humano.

– Obrigado, senhora Leland – disse ele com um tom sincero e agradável. – Quero ser um conforto para você se eu puder. Aliás, acho que ficaria mais confortável deste lado da lareira... a iluminação é melhor... não oscila tanto.

E antes que ela se desse conta ele a carregou, com cadeira e tudo, e a pousou com sutileza do outro lado, colocando a banqueta como estava antes e até mesmo se atrevendo a acomodar seus pequenos pés em cima

[6] *Beeton's complete letter-writer for ladies and gentlemen* [Cartas completas de Beeton para damas e cavalheiros] (N.T.)

– mas fez tudo isso com um ar tão formal que ela não sentiu abertura para repreendê-lo. É difícil se opor a um homem fazendo coisas assim quando ele não parece estar fazendo.

– Assim está melhor – disse ele, exultante, tomando o lugar onde ela estava. – Qual é o próximo?

– O próximo é meu filho.

– "Segundo: Filho" – disse ele, anotando na caderneta. – Mas acho que ele deveria ser um motivo para você fazer o oposto. Desculpe… não ia criticar… ainda! E o terceiro?

– Afinal, por que deveria criticar, senhor Olmstead?

– Não deveria… não pessoalmente. Mas você pode vir a amar um homem. – Ele tinha um belo tom de barítono. Depois de ouvi-lo cantar, a senhora Leland sempre idealizou que ele fosse mais alto, mais bonito, mais marcante; pela voz, parecia que era. – E eu odiaria ver esses motivos impedindo sua felicidade – concluiu ele.

– Talvez não impeçam – devolveu ela, mergulhada em seus devaneios.

– Talvez não impeçam… e, nesse caso, não há mal em me dizer quais são os outros motivos. Não vou usar isso contra você. Terceiro?

– Terceiro, não vou desistir da minha profissão por nenhum homem neste mundo.

– Qualquer homem no mundo seria um tolo se quisesse isso – ele replicou, enquanto escrevia "Terceiro: Profissão".

– Quarto… gosto da *Liberdade!* – disse ela com súbita intensidade. – Você não sabe!… fui tão reprimida!… tão *reprimida* quando era menina! Depois, fiquei sozinha, com pouquíssimo dinheiro, e logo comecei a estudar teatro… estava no paraíso! E então… nossa, como as mulheres são *idiotas!* – Ela não pronunciou aquela palavra de forma trágica, mas com uma intensidade tão aguda que soou como uma furadeira. – Então, eu me casei, sabe… Desisti de toda a liberdade que tinha acabado de conquistar para *casar!*… e ele me reprimiu como nunca.

Ela fechou a boca expressiva, apertando os lábios, levantou-se de repente, esticou os longos braços para cima e continuou:

– Estou livre de novo, livre... Posso fazer tudo o que quiser! – Cada palavra foi saboreada. – Tenho o trabalho que amo. Ganho o dinheiro que preciso... guardo um pouco para o garoto. Não dependo de ninguém!

– E é completamente feliz! – ele a apoiou, com sinceridade. – Não culpo você por não querer abrir mão disso.

– Bem... feliz... – ela hesitou. – Há momentos, é claro, em que não se está feliz. Mas, do outro jeito, eu estava infeliz o tempo todo.

– Ele morreu... infelizmente – ponderou o senhor Olmstead.

– Infelizmente? Por quê?

Ele olhou para ela com aquele sorriso franco, simpático.

– Gostaria de ter tido o prazer de matá-lo – disse ele, com pesar.

Ela se assustou e o observou, muito alarmada. Mas ele estava muito tranquilo, até exultante.

– “Quarto: Liberdade”. – escreveu ele. – Só isso?

– Não, tem mais dois. Nenhum deles vai lhe agradar. Não vai mais pensar tão bem de mim. O pior é esse: gosto de ter... amantes! Tenho muita vergonha disso, mas eu gosto! Tento não ser injusta com eles... de alguns, tento manter uma boa distância, mas, honestamente, gosto de ser admirada, e muito.

– Qual é o mal nisso? – perguntou ele com naturalidade, anotando “Quinto: Amantes” na caderneta.

– Nenhum mal, desde que eu seja senhora de mim mesma – disse ela, desafiante. – Eu me cuido, cuido do meu filho... Que cada um cuide de si! Não faça mau juízo de mim por isso!

– Imagino que não seja muito boa em psicologia – disse ele.

– O que quer dizer? – perguntou ela, um pouco nervosa.

– Com certeza não espera que um homem a julgue por ser mulher, não é?

– Nenhuma mulher é assim – afirmou ela, sem demora. – São muito conscienciosas. Muitos dos meus amigos me julgam com severidade.

– Amigas mulheres – ele arriscou.

– Homens também. Alguns homens dizem coisas muito duras sobre mim.

– Porque os rejeitou. É natural.

– Você, não.

– Não, eu não. Sou diferente.

– Diferente como? – perguntou ela.

Ele olhou fixamente para ela. Os olhos dele eram castanhos, salpicados de tons diferentes, profundos, inabaláveis, com uma espécie de luz interior que só crescia enquanto ela os observava, até que logo a senhora Leland achou por bem considerar a ponta do chinelo outra vez.

– O sexto é quase tão ruim quanto o outro – continuou ela. – Odeio... gostaria de escrever uma dúzia de peças trágicas só para demonstrar quanto odeio... Administrar uma casa! Pronto! É isso!

"Sexto: Administrar a casa", escreveu ele, com indiferença.

– Mas por que alguém deveria julgá-la por isso... não é sua profissão.

– Não, graças a Deus, não é! E nunca será! Sou *livre,* digo isso a você, e permaneço livre!... Mas olha que horas são! – E ela saiu às pressas para se trocar para o jantar.

Naquela noite ele não compareceu à mesa, passou a noite toda fora de casa, passou vários dias fora de casa. A senhoria disse que ele havia saído da cidade; e a senhora Leland sentiu falta dos chás à tarde.

Ela fez o chá lá em cima, é claro, e os convidados apareceram – tanto os amigos quanto os amantes –, mas ela sentia falta da tranquilidade e do aconchego da grande sala verde e marrom no andar de baixo.

Johnny sentia ainda mais a falta de seu grande amigo.

– Mamãe, onde está o senhor Olmstead? Mamãe, por que o senhor Olmstead não volta? Mamãe! Quando o senhor Olmstead vai voltar? Mamãe! Por que não manda uma carta para o senhor Olmstead e diz para ele voltar? Mamãe! Não podemos entrar lá e brincar com as coisas dele?

Como que em resposta a esse último pedido, ela recebeu um bilhete dele, que dizia somente: "Não deixe Johnny sentir falta dos leões e dos macacos. Ele, a senhorita Merton e você, é claro, são bem-vindos a minha casa. Entrem a qualquer hora".

Apenas para manter a criança quieta, ela fez uso da permissão, e Johnnie lhe apresentou a todos os detalhes do lugar. Em um canto do quarto havia uma bandeja revestida de zinco cheia de argila, com a qual Johnnie brincou, muito entusiasmado, de "construir países". Enquanto ele brincava, a mãe observava o bom gosto e a distinção do lugar.

– Cheira tão bem! – disse a si mesma. – Ora! Ele ainda não me disse por que não fuma. Nunca lhe disse que eu não gostava.

Johnnie abriu uma gaveta da cômoda.

– Ele guarda a água aqui! – disse o menino, e antes que ela pudesse impedi-lo ele pegou uma caixa com pedacinhos de espelho, que logo se tornaram lagos e rios no continente de argila.

Depois a senhora Leland guardou os fragmentos, admirando a boa qualidade e a quantidade de peças de roupas naquela gaveta, tudo em perfeita ordem. Seu marido era um homem que bagunçava as gavetas da cômoda, e esperava que ela achasse todas as suas abotoaduras e as colocasse para ele.

"Um homem como este não seria um problema", pensou por um momento, mas logo se lembrou das outras coisas e cerrou os dentes.

– Isso não é para mim! – disse ela com determinação.

Logo depois ele retornou, sereno como sempre, amigável e despretensioso.

– Não vai me contar por que não fuma? – reivindicou ela, de repente, enquanto tomavam chá em outra tarde tranquila e escura.

Ele parecia tão reservado, um tanto distante, embora mais amável do que nunca com Johnny, mas a senhora Leland ainda preferia as anotações pessoais.

– Ora, é claro – respondeu ele com cordialidade. – Essa é fácil. – E remexeu o bolso interno.

– É aí onde guarda seus motivos? – perguntou ela, maliciosa.

– É onde guardo os seus – respondeu ele prontamente, revelando a caderneta. – Agora, veja só... Tenho respostas para todos os seus motivos... você não vai conseguir sustentar nenhum deles depois disso. Posso me sentar ao seu lado e explicar?

Ela abriu espaço para ele no sofá de maneira bastante amigável, mas o desafiou a convencê-la.

– Vá em frente – disse, exultante.

– "Primeiro" – ele leu –, "Casamento Anterior". Esta não é uma objeção razoável. Por já ter sido casada, agora sabe bem o que escolher e o que evitar. Uma garota estaria desamparada nesse quesito; você já tem munição. Como seu primeiro casamento foi infeliz, é mais um motivo para tentar outra vez. Não se trata apenas de ter a capacidade de escolher melhor, mas também, pela lei das probabilidades, ter mais chances de sair ganhando na próxima vez. Admite a validade desse raciocínio?

– Não admito nada – disse ela. – Estou só esperando para lhe fazer uma pergunta.

– Pergunte agora.

– Não... vou esperar até que termine. Continue.

– "Segundo: Filho" – continuou ele. – Agora, senhora Leland, apenas por conta do menino, eu deveria aconselhá-la a se casar de novo. Enquanto ainda é pequeno, a mãe é o suficiente, mas, quanto mais ele crescer, mais vai precisar de um pai. É claro que deve escolher um homem que a criança possa amar... um homem que possa amar a criança.

– Começo a suspeitar de que tem malditas segundas intenções, senhor Olmstead. Sabe que Johnnie o ama muito. E sabe que não vou me casar com você – acrescentou, sem demora.

– Não estou lhe pedindo em casamento... agora, senhora Leland. Pedi, de boa-fé, e pediria outra vez se achasse que teria uma pequena chance... mas não estou fazendo isso agora. Mesmo assim, estou bastante disposto a servir de exemplo. Bem, podemos retomar, com base nisso. Sua primeira objeção não se sustenta mais contra mim, não é?

Ele olhou exultante para ela, de forma amigável e franca; e, com aquela pura força inabalável e sutil ternura, ele era indescritivelmente tão diferente do homem moreno, esguio e fascinante que se tornara o pesadelo de sua juventude, que ela sentia, no fundo do coração, que ele estava certo... até agora.

– Não vou admitir nada – disse ela com doçura. – Mas, por favor, continue.

Ele continuou, sem hesitar.

– "Segundo: Filho". Bem, se você se casasse comigo, eu consideraria o garoto como um estímulo a mais. Na verdade, se você se casar de novo... com alguém que não queira o garoto... gostaria que o desse para mim. Falo sério. Acho que ele me ama, e que eu poderia ser muito útil para a criança.

Ele parecia quase tê-la esquecido, e ela o observava com curiosidade.

– Agora, para prosseguirmos... "Terceiro: Profissão". Quanto à sua profissão – disse ele com tranquilidade, colocando as mãos sobre um joelho e fitando o tapete escuro e fosco –, se você se casasse comigo e desistisse de sua profissão, eu sofreria uma perda irreparável, perderia minha atriz favorita.

Ela teve um ligeiro sobressalto de surpresa.

– Não sabia quanto admiro seu trabalho? – perguntou ele. – Não fico parado na entrada do palco... já tem muitos sujeitos para fazer isso; e nem sempre vou ao camarote nem jogo buquês... não gosto de camarotes, na verdade. Mas não deixei de assistir a nenhuma peça em que já atuou... algumas, vi uma dúzia de vezes. E você está crescendo... logo vai fazer um trabalho ainda melhor. Às vezes é um pouco falha nas cenas amorosas... parece que não consegue levar a sério... não consegue se soltar..., mas vai amadurecer. Vai melhorar muito... e acredito mesmo nisso... depois que se casar.

Ela ficou bastante impressionada, mas achou complicado dizer qualquer coisa, pois ele não estava olhando para ela. Sorrindo, ele pegou a caderneta outra vez.

– Então, se você se casasse comigo, seria mais do que bem-aceito que continuasse atuando. Não ficaria no seu caminho mais do que fico agora. "Quarto: Liberdade"! – leu ele, com tranquilidade. – Isso é fácil em um ponto... difícil em outro. Se você se casasse comigo...

Ela se remexeu, ressentida com a referência constante ao casamento deles; mas, pelo tom, parecia genuinamente hipotético.

– *Eu* não poderia interferir na sua liberdade de forma alguma – continuou ele. – Não por vontade própria. Mas se você aprendesse a me amar... ou se tivéssemos filhos... isso acabaria fazendo *alguma* diferença. Não muita. Poderia ser que nem tivéssemos filhos, e não é como se fosse me amar tanto a ponto de deixar que isso ficasse no seu caminho. Do contrário, teria liberdade... tanto quanto tem agora. Um pouco mais, pois se quisesse fazer uma turnê internacional, ou algo assim, eu cuidaria do Johnnie. "Quinto: Amantes."

Nesse instante ele fez uma pausa, inclinando-se para a frente com a mão no queixo, olhando para baixo. Ela podia ver os ombros largos e fortes, o caimento impecável do casaco bem-feito, o colarinho imaculado, e o pescoço elegante, forte e definido. Acontece que ela não gostava do pescoço da maioria dos homens, nem fino, nem musculoso, nem gordo, e particularmente gostava desse tipo, forte e arredondado como o de um romano, e com os cabelos bem cortados.

– Com relação aos amantes – continuou ele –, hesito um pouco quanto ao que dizer sobre isso. Tenho medo de chocar você. Talvez seja melhor deixar isso de fora.

– É tão insuperável assim? – perguntou ela, com malícia.

– Não, é muito fácil – respondeu ele.

– É melhor explicar – disse ela.

– Bem, então... é simples assim: como homem, acabo admirando-a mais porque muitos outros homens a admiram. Não simpatizo com eles, nenhum deles! Nem um pouco. É claro, não me casaria com você se amasse qualquer um deles. Mas se fosse minha esposa...

– Então? – perguntou ela, quase sem fôlego. – Você é tão irritante! O que faria? Mataria todos eles? Continue: se eu fosse sua esposa...?

– Se fosse minha esposa... – Ele se virou e a encarou, seus olhos profundos brilhando constantemente nos dela. – Em primeiro lugar, quanto mais dos seus amantes você não amasse, mais contente eu ficaria.

– E se eu os amasse? – ela o desafiou.

– Se fosse minha esposa – explicou com absoluta tranquilidade –, você nunca amaria outra pessoa.

Houve um silêncio palpitante.

– "Sexto: Limpeza" – leu ele.

Com isso, ela se levantou como se tivesse sido libertada.

– Sexto e último e absolutamente suficiente! – ela explodiu, sacudindo-se um pouco como se fosse para acordar. – Último e conclusivo e irrespondível! Não vou administrar uma casa para nenhum homem. Nunca! Nunca!! Nunca!!!

– Por que deveria? – indagou ele, como tinha dito antes. – Por que não morar em uma pensão?

– Não moraria em uma pensão em hipótese alguma!

– Mas mora em uma agora. Não está confortável aqui?

– Sim, muito confortável. Mas esta é a única pensão confortável que já vi.

– Por que não continuar como estamos... se você se casasse comigo?

Ela soltou um riso estridente.

– Ah, sim, com os outros pensionistas circulando por aí e um andar inteiro entre nós. – Ela satirizou alegremente. – Não, senhor! *Se* eu me casasse outra vez... e não vou... gostaria de ter uma casa inteira só para mim, e que fosse administrada tão bem e com tanta perfeição como esta. Sem mais preocupações do que tenho agora!

– Se eu pudesse lhe dar uma casa inteira, como esta aqui, e administrá-la para você tão bem e com tanta perfeição quanto esta... então se casaria comigo? – perguntou ele.

– Oh, ouso dizer que sim – respondeu ela em tom de chacota.

– Minha querida – disse ele –, administro esta casa para você há três anos.

– O que quer dizer? – reivindicou ela, corando.

– Quero dizer que este é meu negócio – respondeu ele com serenidade. – Alguns homens administram hotéis e alguns restaurantes. Eu administro várias pensões e consigo uma bela renda com elas. Todos os meus pensionistas ficam confortáveis, trabalho para isso. Planejei para que você ocupasse esses cômodos, providenciei para que o elevador de comida fosse até lá em cima, assim poderia fazer suas refeições com conforto. Não gostava muito da primeira governanta. Contratei uma de quem gostava mais; cozinheiras para agradar-lhe, empregadas domésticas para agradar-lhe. Tenho me empenhado de verdade para deixá-la confortável. Quando você não gostava de um pensionista, eu me livrava dele... ou dela... agora são todos seus amigos. É claro, se fôssemos casados, mandaríamos todos eles embora. – O tom dele era perfeitamente calmo e formal. – Você ficaria com o seu apartamento especial lá em cima; também com o andar acima deste aqui, com um quarto maior, sala de visitas, banheiro e uma sala de estar privativa... Eu ficaria aqui como estou agora, e quando me quisesse... estaria aqui.

Ela ficou paralisada com esse final um tanto manso. Estava confusa, apreensiva, descontente. Sentiu como se algo lhe tivesse sido oferecido e depois tomado de volta; algo estava faltando.

– Parece um negócio tão curioso... para um homem – disse ela.

– Mais curioso do que o Delmonico's[7]? – perguntou ele. – É um negócio que requer algumas habilidades, haja vista as muitas falhas. Com certeza é vantajoso. E paga... muitíssimo bem.

– Achei que trabalhasse com imóveis – ela insistiu.

– E trabalho, tenho negócios imobiliários. Compro e vendo casas, foi assim que comprei esta.

Ele se levantou, com calma e prudência, caminhou até a lareira e jogou a caderneta no fogo.

– Não havia solidez em nenhuma das suas objeções, minha querida – disse ele. – Especialmente na primeira. Casamento anterior, de fato! Nunca foi casada antes. Vai ser... agora.

Algumas semanas depois do casamento, ela de repente rolou para cima dele – tão rápido como é possível fazer isso quando se está sendo abraçado.

– Por que não fuma? Nunca me contou! – reivindicou ela.

– Não gostaria de beijá-la tanto se você fumasse! – respondeu ele.

– Nunca imaginei... – atreveu-se a dizer depois de um tempo – que poderia ser... isso.

---

[7] O Delmonico's foi o primeiro restaurante de luxo dos Estados Unidos. Inaugurado em 1837, em Nova Iorque, é o precursor do famoso corte de bife Delmonico. (N.T.)

A humanidade das mulheres

Uma mulher à beira do rio,
Para ele é uma esposa e escrava...
E nada mais que isso.

Cometemos erros, tão antigos quanto a humanidade, com o mundo e com as mulheres.

Primeiro, com relação ao mundo.

Este, assumimos que seja um vasto campo de batalha para os homens lutarem; um lugar para livre competição; repleto de incontáveis pessoas cuja maneira natural de viver era lutando, pela existência, umas com as outras.

Essa é a visão individualista, e é nitidamente masculina.

Os machos são, na essência, individualistas – nascidos para proliferar e competir; e um mundo de exclusividade masculina tem que ser individualista e competitivo.

Estamos errados. A nova Filosofia Social reconhece a Sociedade como uma forma de vida organizada, com suas próprias leis de desenvolvimento; e nós, como indivíduos, somos apenas partes ativas da Sociedade. Em vez de aceitarmos este mundo de guerras, doenças e crimes, de vergonhosa e desnecessária pobreza e dor, como sendo o natural e correto, agora vemos que todos esses males podem ser eliminados, e propomos eliminá-los. A humanidade está acordando, está começando a entender sua própria natureza, está começando a enfrentar um problema novo e compreensível em vez do enigma obscuro do passado.

Segundo, com relação à mulher.

Nosso erro com ela foi muito bizarro. Ninguém sabe ainda como ou por que ocorreu; mesmo assim, ele resiste; um dos lapsos mais colossais já cometidos pela espécie humana. Diante de toda a criação, na qual a fêmea é às vezes considerada muito autossuficiente, com frequência superior e sempre igual ao macho, nossa raça humana estabeleceu a "teoria androcêntrica", sustentando que apenas o homem é um tipo de raça; e que a mulher era "sua fêmea". Da mesma forma que o "senhor Vênus[8]" descreveu como "o orgulho perverso de sua juventude", nossa humanidade em ascensão se distinguiu por desacreditar a mãe. "Você é mulher", disse o homem primitivo, "e apenas isso. Nós somos o Povo!"

Esse é o alfa e o ômega do velho conceito de mulher. Via-se nela apenas o gênero sexual - não a Humanidade.

A Nova Mulher é Humana, acima de qualquer coisa. Por acaso, ela é fêmea; assim como o homem é macho. Como macho, ele faz sua pequena parte no velho processo físico de reprodução; mas, como um Ser Humano, ele faz praticamente tudo nos novos processos Sociais que constroem civilizações.

Ele é Macho - e Humano. Ela é Fêmea - e nada mais -, isto é, no nosso velho conceito.

Apegados a esse conceito, absurdo, errôneo e pernicioso a um grau temível, fizemos um grande esforço para levá-lo a cabo com nossas atitudes; assim, a história humana até agora tem sido a história de um mundo totalmente masculino, onde os homens seguem competindo e lutando como se espera dos machos, e sempre caçando e provendo às fêmeas como

[8] Personagem de Dickens em *Nosso amigo mútuo.* (N.T.)

se espera dos machos, porém construindo este nosso mundo da melhor maneira que podiam, sozinhos.

Deles é o crédito - e a vergonha - do mundo do passado, do mundo do presente; mas o mundo do futuro tem um novo elemento - a Humanidade da Mulher.

Há mais de um século estamos nos tornando cada vez mais conscientes de um movimento, uma revolução e um protesto entre as mulheres. A "melhor metade" da humanidade, há muito reprimida, começou a se mexer, pressionar e se levantar. O movimento Feminista é tão natural, tão benéfico, tão irresistível quanto a chegada da primavera; mas vem sendo mal compreendido e combatido, desde o início, pelos fragmentos glaciais dos velhos conceitos, pela força de inércia da pura e cega ignorância, e pelo preconceito tão antigo quanto Adão.

No início, as mulheres lutaram por um pouco de liberdade, por educação; depois, por alguma igualdade perante a lei, pela justiça comum; então, com uma visão mais ampla, pela plena igualdade de direitos aos dos homens em toda a esfera humana; e, como base essencial desses direitos, pelo sufrágio.

O sufrágio feminino não é apenas uma das características do movimento, é a mais importante. A oposição a esse direito é totalmente relacionada ao preconceito sexual, tem a ver com a emoção, não com a razão; é a oposição de um mundo masculino; e de um individualismo também masculino. O homem é fisiologicamente individualista. É sua função na natureza proliferar, introduzir novos meios e lutar com valentia contra seus rivais pelo direito de ficar com a fêmea. Um mundo de machos deve lutar.

Com toda a história sendo pautada nesse tipo de conflito; com a masculinidade e a humanidade consideradas idênticas, na mente mediana; há algo de extraterreno, antinatural, até mesmo revoltante na reivindicação da mulher por sua participação no trabalho e na administração do mundo. Contra isso, ele invoca um uivo constante - o progresso da mulher prejudicará a feminilidade. Tudo o que vê na mulher é o gênero sexual; e ele se opõe ao seu avanço, alegando que "como mulher" ela é incapaz de participar do "mundo dos homens" – e que, se o fizesse, seria prejudicada de forma misteriosa e inevitável "como mulher".

Sugere que ela pode ser capaz de participar do "mundo das mulheres" – e tem tanto direito a um mundo feito por ela quanto ele tem ao mundo feito pelo homem! Sugere que, sem que haja qualquer reversão extrema, ela tem direito à metade do mundo – metade do trabalho, metade do salário, metade da diligência, metade da glória!

A tudo isso responde o Individualista masculino:

O mundo tem que ser como é. É um lugar feito para lutar, lutar pela vida, lutar pelo dinheiro. Trabalhar é para escravos e pobres em geral. Ninguém trabalharia a menos que precisasse. Vocês são mulheres e não têm nenhum lugar no mundo. Seu lugar é em casa: gerando e criando filhos – e cozinhando.

Agora, qual é o conceito em relação às mulheres nesta nova filosofia que vê a Sociedade como uma unidade, e a unidade principal a ser considerada; que vê o mundo como um lugar aberto a muitas mudanças e melhorias contínuas; que vê o caminho para mudá-lo e melhorá-lo, de modo que a maior parte de nossos pobres e tolos pecados e tristezas desapareça completamente por falta de motivo?

Desse ponto de vista, homem e mulher se enquadram em duas posições inferiores, ambas corretas e adequadas, produtivas, maravilhosas, essenciais para a renovação da raça na Terra. Desse ponto de vista, homens e mulheres ascendem, juntos, dessa relação inferior para uma mais elevada da Humanidade, aquela Humanidade comum que é tanto dela quanto dele. Vendo a Sociedade como a forma de vida verdadeira, e nossa vida individual crescendo em glória e poder à medida que servimos e desenvolvemos a Sociedade, o movimento das mulheres adquire uma importância majestosa. É o avanço da metade de uma raça inteira, de uma posição de desenvolvimento interrompido, para a humanidade plena.

O mundo não é mais visto como um campo de batalha, ao qual, é verdade, as mulheres não pertencem; mas como um jardim, uma escola, uma igreja, um lar, aos quais elas visivelmente pertencem. Na grande tarefa de cultivar a terra, elas têm igual interesse e igual poder. Ser igual não é ser idêntico. Existem trabalhos de todo tipo e grandeza – e a metade deles é da mulher.

Nesse vasto trabalho de educar a humanidade, até que todos nos entendamos; até que os pensamentos e sentimentos necessários ao nosso progresso possam fluir de maneira suave e clara através da mente do mundo, as mulheres têm um papel preeminente. São professoras natas, graças à maternidade, bem como na alegria humana delas.

No poder de organização, essencial para nosso progresso, precisamos das mulheres de uma maneira especial, e o movimento rápido e universal delas neste sentido é uma das provas mais satisfatórias de nosso avanço. Em todas as artes, todos os ofícios e profissões, elas têm os mesmos interesses, o mesmo poder. Privamos o mundo da metade da contribuição que poderia receber ao negarmos às mulheres sua participação nele.

Na ação política direta, há todas as razões para as mulheres votarem, assim como para o voto masculino; e todas as razões para a propagação do sufrágio universal, assim como para a democracia. No que se refere a qualquer poder especial no governo, a mãe é a legisladora natural, a governante natural e a executiva. As funções de um governo democrático podem ser compartilhadas com sabedoria e segurança entre homens e mulheres.

Eis nossa grande função diante de nós: tornar o mundo um lugar melhor é nosso papel; as mulheres estão se apresentando para ajudar a fazer isso; as mulheres são humanas com todos os poderes humanos; a democracia é a forma mais elevada de governo – até agora; e o uso do voto é essencial para a democracia; portanto, as mulheres devem votar!

Contra isso se ergue a fortaleza titubeante da hipermasculinidade, auxiliada por um insignificante punhado de traidoras estúpidas – aquelas criaturas de anáguas que também veem nas mulheres nada além do gênero sexual. Elas podem ser, em alguns casos, honestas em sua crença, mas sua honestidade não dá crédito a sua inteligência. Estão obcecadas por esse conceito dominante de gênero; graças, sem dúvida, ao longo período de dominação masculina – à nossa cultura androcêntrica. Naturalmente, o homem vê na mulher o gênero sexual; acima de qualquer coisa. Durante todos esses séculos, ela foi restrita apenas ao exercício dos deveres femininos, com o acréscimo do serviço doméstico.

Do gênero "esposa-mãe", do gênero "serva", ela é para ele; e nada mais. A mulher não olha para os homens sob esse prisma. Tem que vê-los como seres humanos, pois eles monopolizam as funções humanas. Ela não vê o motorneiro e o condutor como homens, mas como promotores de viagens; não afaga a cabeça do mensageiro nem beija o garçom!

Mesclada de uma forma intrínseca com a visão masculina está a visão individualista, que vê o mundo para todo o sempre como um lugar de luta.

Então surge esta grande mudança do nosso tempo, o alvorecer da consciência Social. Eis um mundo de associação, de agrupamento ordenado e troca de serviços. Eis um mundo desperdiçando suas riquezas como água – todo esse desperdício pode ser evitado. Eis um mundo de guerra mais do que desnecessária. Vamos parar com essa guerra. Eis um mundo com doenças horríveis. Vamos erradicá-las. Eis um mundo no qual chamamos quase tudo de "Pecado", graças à Ignorância, à Saúde Precária, à Infelicidade, à Injustiça.

Quando o mundo aprender a cuidar de si com decência; quando não houver lugares desprezíveis e diabólicos, onde crianças inocentes nascem todos os dias e de hora em hora em condições que, inevitavelmente, geram uma certa taxa de criminalidade; quando a informação e a boa educação, que agora distinguem alguns de nós, forem comuns a todos – não ouviremos tanto falar em pecado!

Um mundo com consciência social, inteligente, corajoso, empenhado em melhorar a si mesmo, buscando estabelecer o costume de trocar serviços úteis de forma pacífica – tal mundo não tem medo da mulher e não sente que ela é incapaz de realizar seus trabalhos com alegria. A nova filosofia social acolhe o sufrágio feminino.

Mas suponha que você não tenha, em nenhum sentido, uma vocação Social. Suponha que ainda seja um Individualista, embora acredite no voto feminino. Mesmo assim, apenas do ponto de vista da mulher, pode-se dizer o suficiente para justificar a promessa de um Novo Mundo.

O que traz paz e beleza ao Lar? Ordem, conforto, felicidade? – A Mulher.

Seu serviço é prestado, não contratado. Tem a atitude de alguém que procura administrar um fundo comum para o bem comum. Ela não cria os filhos para competir pelo jantar – não dá a maior parte ao mais forte e deixa o mais fraco desprovido. É apenas diante do desespero, sob a influência degradante da pobreza absoluta, que ela se dispõe a explorar seus filhos e deixá-los trabalhar antes do tempo.

Se ela, apenas como Mulher, apenas como esposa e mãe, se apresentar para prestar ao mundo o mesmo serviço que vem prestando ao lar, será totalmente para o benefício dele.

Vá e olhe a legislação instituída ou apoiada por mulheres em todos os países onde elas votam, e verá uma linha ininterrupta de serviços sociais. Não visando ao interesse próprio – nem o lucro mercenário – nem à competição; mas uma constante força ascendente, com o propósito visível de ajudar e melhorar o mundo.

Este mundo é nosso, tanto quanto do homem. Não temos apenas o direito de administrar a metade dele, mas também o dever de servir à metade dele. É nosso dever como seres humanos ajudar a tornar o mundo melhor – depressa! É nosso dever como Mulheres levar nosso instinto materno para confortar e ajudar a humanidade – nossos filhos, cada um deles!

O Barril

Eu caminhava, muito em paz, por uma estrada modesta e comum, quando levantei a cabeça e me deparei com um portal impressionante. Os pilares eram de pedra, altos, esculpidos, maciços; imponentes portões de ferro forjado balançavam entre eles, a parede cinza se estendia ao longe para os dois lados.

Como os portões estavam abertos e não havia placa de proibição, eu entrei, e percorri quilômetros tranquilos sob arcos brotando dos enormes olmos, telhados planos de faia e leques suspensos de abetos e pinheiros; através de bosques, parques e prados, com vislumbres de lagos estrelados por vitórias-régias, pequenos lagos azuis e riachos cristalinos; contemplando o cervo malhado, os cisnes e os faisões – um lugar de fato glorioso.

Em seguida, uma curva suave e, do outro lado dos gramados de veludo e jardins repletos de estátuas, avistei um palácio imponente, de beleza tão nobre, tão majestosa, que involuntariamente tirei o chapéu. Ao me aproximar, fui acolhido por serviçais gentis; disseram-me que o local estava aberto à visitação; e fui levado de salão em salão, de piso em piso; onde cada objeto era uma obra de arte; onde linha, cor e proporção, arquitetura perfeita e decoração adequada compunham uma beleza irresistível.

– De quem é? – perguntei. – De algum duque? Rei? Imperador? Quem é o dono deste palácio? Desta gloriosa propriedade?

Fizeram uma reverência e se ofereceram para me levar até ele.

Lá embaixo, nos fundos; depois das acomodações dos criados; depois da área de serviço, copa e estábulo; determinados a alcançar o menor e mais desprezível quintalejo; estreito e escuro, com chão de pedras, com paredes de pedras, sombreado por celeiros cavernosos; ali, apinhado em um barril, eles apontaram para um homem.

Curvaram-se diante dele, e o chamaram de mestre. Disseram-me que aquele era o senhor da vasta propriedade.

Eu não pude acreditar – mas eles permaneceram curvados –, e o senhor ordenou que fossem embora.

– Quê! – exclamei. – *Você!* Você é o senhor... o mestre de toda essa riqueza de beleza... essa beleza de riqueza! Você é senhor desses quilômetros de montanhas arejadas e vales abastados... florestas tranquilas e lagos cristalinos! Você é o senhor dessas árvores nobres... dessa profusão de flores... dessas clareiras repletas de cervos a pastar! Você é o senhor desse palácio... uma alegria para os olhos e uma exaltação para a alma! Toda essa majestdade e esplendor... esse conforto, beleza, manifestação, você é senhor de tudo isso, e mora... *aqui.*

Ele me olhou com desprezo, enfadado.

– Jovem – disse ele –, você é um sonhador... um visionário... um Utopista!... um idealista! Você deve considerar Fatos, meu jovem senhor; detenha-se aos Fatos! O *Fato* é que moro neste Barril.

Era um fato; claramente, ele morava no Barril.

Também era fato que ele era o senhor daquela vasta propriedade.

E que não havia tampa no Barril.

O para-choque

– Onde está Harry? – foi a primeira pergunta do senhor Gortlandt.

– Foi para o campo, visitar minha mãe. Estava muito quente nos últimos dois dias, então o mandei para lá, com a senhorita Colton. Vou no sábado. Sente-se.

– Sinto falta dele – disse o visitante –, mais do que pensei que poderia sentir. Aprendi mais nestes sete anos do que pensei que haveria para aprender. Ou nos dois últimos, talvez, desde que reencontrei você.

Ela olhou para ele com um ligeiro sorriso estático, mas havia uma expressão hesitante por trás daquele sorriso, como a de alguém que ainda não estava com a cabeça feita.

Estavam sentados próximo à ampla janela de um apartamento no último andar, à sombra de uma marquise. Uma brisa fresca soprava sobre eles, e com ela a poeira da cidade, espalhando areia no amplo parapeito.

Ela desenhou pequenas linhas onduladas com um dedo.

– Acho que deveria fechar bem essas janelas, e as persianas e as cortinas também. Assim tudo ficaria mais limpo.

– A mobília, sim – concordou ele –, mas não nossos pulmões.

– Não tenho certeza – disse ela. – Temos uma boa ventilação aqui... mas veja o que está no ar.

– Uma cidade é um lugar sujo, na melhor das hipóteses; mas Mary... não vim para discutir as questões morais da poluição... Quanto tempo mais vou ter que esperar? – perguntou ele, depois de uma curta pausa. – Dois anos de cortejo, e mais cortejo... não são o bastante? Ainda não aprendi minha lição?

– Em partes, acredito – admitiu ela –, mas não a lição toda.

– O que mais você quer? – prosseguiu ele, com sinceridade. – Não podemos chegar a um entendimento definitivo? Vai fugir outra vez em alguns dias; foi uma bendita sorte que a trouxe até a cidade agora que, por acaso, também estou aqui.

– Não sei se foi sorte – disse ela. – Foram os negócios que me trouxeram aqui. Nunca estive na cidade antes com esse tempo tão quente assim.

– Por que não vai para um hotel? Este apartamento fica bem abaixo do telhado, toma sol o dia todo.

– Apanha brisa também, e a luz do sol faz bem. Não, estou melhor aqui no apartamento, com Harry. Foi muito oportuno os Grants estarem fora e me deixarem ficar aqui.

– Como o Hal aguenta o calor?

– Muito bem. Mas estava ficando bastante agitado, então o mandei para a casa da minha mãe há duas horas. Espero que não saia correndo da senhorita Colton outra vez. Ela é tão preocupada com ele quanto eu.

– Acha que ele gosta de mim, não acha? – perguntou o homem. – Preciso me aproximar dele, percebe? Não podemos ignorar que ele é meu... metade meu – acrescentou às pressas ao ver uma ponta de negação no olhar dela.

– Ora, parece gostar sim, ele gosta – ela admitiu. – Espero que sempre goste, e acredito que você está começando a amá-lo.

– É um excelente começo, Mary – disse o homem. – É claro, não finjo que me importei muito no início, mas agora... ele é tão formoso, ligeiro, um malandrinho tão obediente, e tão carinhoso! Quando ele pula no meu colo e coloca os braços em volta do meu pescoço e as pernas ao redor da minha cintura e me abraça "todinho", como ele mesmo diz, quase me sinto como uma mãe se sente! Não preciso dizer mais nada, não é?

– Não, com certeza não precisa dizer mais nada. Acredito em você, não estou questionando.

Ele ergueu os olhos subitamente ao ouvir o tom dela.

– Nunca tive muita afinidade com crianças, sabe? – continuou ele, com tranquilidade. – Não tive irmãos ou irmãs mais novos, e só... O que me espanta é a sensação de segurá-lo nos braços! O corpo do pequenino é tão firme e robusto... ele se contorce como um peixe... um peixe grande que tento segurar com as duas mãos.

A mãe sorriu com ternura. Ela conhecia a sensação daquele corpinho em seus braços tão bem! Desde que era um bebezinho rosado e indefeso, a cabecinha pousando tão naturalmente no contorno côncavo do seu braço ou do pescoço, as mãozinhas desajeitadas... depois, o gradual ganho de tamanho e força, até agora ela carregava aquele corpinho agitado e saltitante, quase forte o suficiente para se afastar dela – mas que nunca queria ficar longe. Ele ainda gostava de se aninhar na "Mamã", e só há pouco tempo foi conquistado, parcialmente, por aquele pai desacostumado.

– São sete anos, Mary! Dizem que isso transforma um homem totalmente. Tenho certeza de que mudei. Estou mais velho... e acho que sou um homem mais sábio. Eu me arrependi, superei minha estupidez e vi a justiça da minha punição. Não a culpo nem um pouco por se divorciar de mim... Acho que agiu certo e a respeito por isso. Minha maior lição foi aprender a amar você! Posso ver... agora... que não a amava antes.

O rosto dela se tensionou ao olhar para ele.

– Não, com certeza não amava, Harry, com certeza não amava, nem mesmo o seu filho.... Quando penso no que eu era quando se casou comigo! Na minha perfeita sanidade...!

– *Você* não está doente! – exclamou ele. – Não quero dizer que não tenha se magoado, eu poderia me matar só de pensar em como a fiz sofrer! Mas é uma mulher muito melhor agora do que era na época; mais doce, mais forte, mais sábia e mais bonita. Há dois anos, quando a reencontrei em Liverpool, foi uma surpresa. Agora, veja bem... nem mesmo peço que me perdoe! Peço que tente outra vez e me deixe provar que posso recompensar você e o menino!

– Para mim, não é fácil perdoar – ela respondeu, com tranquilidade. – Não sou de perdoar. Mas há uma boa dose de razão na sua posição. Era meu marido, é o pai de Hal, não há como escapar disso.

– Talvez, se me deixar passar o resto da vida compensando aquele tempo de tanta mediocridade da minha parte, você não queira escapar disso, Mary! Veja, eu a tenho cortejado por cerca de dois anos. Aceitei seus termos, não me fez promessas, mas, pelo bem da criança, preciso tentar mais uma vez, tentar apenas como um entre muitos, para ver se consigo reconquistar você... E a amo agora, cem vezes mais do que quando nos casamos!

Ela se abanou devagar com um leque grande e delicado e olhou para os telhados tremeluzentes. Abaixo deles estava a respeitável rua na qual, tecnicamente, ficava a frente da casa, e a avenida larga, movimentada e barulhenta que ela menosprezava demais.

O barulho de muitas charretes e ainda mais carroças de entrega os alcançou lá em cima. Um estrondo inusitado abafou as palavras dele naquele momento e ela, sorrindo, explicou:

– É o som do ferro na ferrovia... ou das vigas, já os reconheço bem agora. Por volta das quatro da manhã, há uma série de enormes vagões de leite. Mas o pior são os bondes. Ouça isso agora... é uma roda desgastada. Isso lhe agrada?

– Mary, por que fala desses bondes outra vez quando estou tentando abrir meu coração? Não coloque coisas assim entre nós!

– Mas essas coisas estão entre nós, Henry, o tempo todo. Ouço você dizer que me ama, e não duvido que ame de alguma forma... sim, tanto quanto pode, muito mesmo, por sinal! Eu sei. Mas quando se trata dessa questão dos bondes; quando converso com você sobre essas suas *juggernauts*[9]; não está mais disposto a fazer a coisa certa do que estava quando o conheci.

O semblante do senhor Cortlandt enrijeceu. Ele se aprumou da posição interessada em que estava inclinado para a frente, e claramente hesitou por um momento antes das próximas palavras.

[9] Alusão a *juggernaut*, palavra derivada do sânscrito *Jagganätha*, que se refere a uma força cujo avanço nada pode deter. A palavra se relaciona ao Rath Yatra, procissão hindu realizada na cidade de Puri, na Índia, na qual um grande carro alegórico carrega a imagem do deus Krishna. (N.R.)

Apesar de seu amor por essa mulher que, como tinha dito, e com razão, era muito mais bonita e cativante do que a garota robusta, de silhueta triangular e excessivamente conscienciosa com quem casou, que desprezou e envergonhou, os sentimentos como homem de negócios eram fortes dentro dele.

– Minha querida, não sou pessoalmente responsável pelo estado desses bondes.

– Você é o presidente da empresa. Detém o controle das ações. Foi o seu voto que recusou a última proposta de melhoria.

Ele a olhou de modo áspero.

– Temo que alguém esteja influenciando você contra mim, Mary. Faz uso de informações tão específicas que parece improvável que as tenha recebido por acaso.

– Não é influência, é informação. E sim, o senhor Graham me contou, se é isso que está insinuando. Ele se importa. Sabe como a comunidade vem trabalhando duro para conseguir que a empresa faça das ruas um lugar mais seguro para as crianças... e você nunca fez nada.

O senhor Cortlandt hesitou. Não seria nada bom agregar detalhes dos negócios no seu caso de amor perdido e ainda não reconquistado.

– Você torna isso difícil para mim, Mary – disse ele. – Difícil porque é complicado explicar questões complexas de negócios para uma... para qualquer um que não esteja habituado. Não posso mexer nos negócios de uma grande corporação para fins pessoais, nem mesmo para agradar a você.

– Esse não é o ponto – rebateu ela sem demora.

Ele enrubesceu e apressadamente substituiu:

– Nem mesmo para atender aos mais nobres sentimentos humanitários.

– Por que não? – perguntou ela.

– Porque não é para isso que os bondes elétricos foram feitos – prosseguiu ele, com paciência. – Mas por que temos que falar disso? Parece que esse assunto a distancia tanto. E ainda não me respondeu.

– Sinto muito, mas não estou pronta.

– É por causa de Hugh Graham? – reivindicou ele.

O rubor saltou-lhe na face, mas ela se deparou com o olhar firme e inabalável dele.

– Estou muito interessada no senhor Graham – disse ela –, e no nobre trabalho que vem fazendo. Acho que realmente seria mais feliz com ele do que com você. Nós nos importamos com as mesmas coisas, ele desperta o melhor de mim. Mas ainda não tomei nenhuma decisão a favor dele, nem ao seu. Vocês dois têm um certo apelo ao meu coração, e ao meu dever. Com você, é assunto pessoal; com ele, a esperança de uma causa maior. Mas... você é o pai do meu filho, e isso lhe dá uma grande vantagem. Ainda não me decidi.

O homem pareceu aliviado, e outra vez puxou a cadeira para mais perto. O barulho agudo e lancinante dos bondes subiu até eles.

– Acha que forcei esse assunto dos bondes – disse ela. – Realmente, fiz isso porque é o tipo de coisa que mais nos mantém separados, e... gostaria de eliminar a questão.

Ele se inclinou para a frente, brincando com o grande leque dela.

– Vamos fazer isso, com toda certeza! – disse ele.

Ela observou, quase que com ternura, os fios escuros e um tanto ralos crescendo no cocuruto da cabeça dele.

– Se conseguisse sentir de verdade que você estivesse do lado certo, que considerasse seu trabalho como serviço social, que tentasse usar seus bondes para transportar pessoas... não para matá-las! Se pudesse mudar sua opinião sobre isso, acho... quase... – Ela parou, sorrindo para ele, com o leque no colo, as firmes e delicadas mãos brancas entrelaçadas, com impaciência. Depois, continuou: – Não se importa nem um pouco com as vidas perdidas todos os dias nesta grande cidade... debaixo de seus bondes?

– Não há como evitar isso, minha querida. Nossos homens são tão cuidadosos quanto podem. Mas esse enxame de crianças sai para brincar nas ruas...

– Onde mais poderiam brincar! – interrompeu ela.

– Elas entram bem na frente dos bondes. Lamentamos muito, pagamos milhares de dólares em indenização, mas não há como evitar!

Ela se recostou na cadeira e seu semblante foi tomado pela frieza.

– Até parece que nunca ouviu falar de coisas como para-choques – disse ela.

– Temos para-choques! Em quase todos os bondes...

– Para-choques! Chama aquele pedaço de ratoeira de para-choque! Henry Cortlandt! Estávamos em Liverpool quando este assunto surgiu entre nós pela primeira vez! Eles, sim, têm para-choques lá que *param o choque*, e não têm lista de assassinatos!

– As condições são diferentes lá – disse ele com uma tranquilidade forçada. – Nossa pavimentação é diferente.

– Nossas crianças não são tão diferentes, são? – perguntou ela. – Suponho que nossas mães sejam feitas da mesma coisa, não?

– Fala como se eu quisesse matá-los! Como se eu gostasse disso!

– Pensei, no início, que isso o machucaria como me machucou – disse ela, com cordialidade. – Recorri a você com verdadeira esperança quando nos encontramos em Liverpool. Fiquei feliz em pensar que o conhecia, mas minha felicidade durou pouco! Achei que se importaria, que faria alguma coisa.

Não importava o que ele fizesse, seus lábios se contraíam, formando a mesma linha de sempre.

– Aqueles para-choques ingleses não são praticáveis neste país, Mary. Já foram testados.

– Quando? Onde? Por quem? – ela lançou contra ele. – Eu li, e ouvi falar disso também. Sei que houve um esforço para que fossem adotados e que foram recusados. Custam mais do que os usados aqui! – Ela apontou com desdém para o pedaço chacoalhante de lâmina pregado na dianteira de um bonde que passava ali na hora.

– Espera que eu faça uma revolução no sistema de bondes da América... para agradar-lhe? Faz disso uma condição? Talvez eu consiga cumpri-la. É uma barganha? Vamos...

– Não – ela disse, com serenidade. – Não estou fazendo uma barganha. Apenas desejo, como desejei tantas vezes ao longo dos anos, que você fosse um tipo diferente de homem...

– Que tipo de homem quer que eu seja?

– Quero que seja... gostaria que fosse... um homem de negócios que se preocupasse em prestar um serviço impecável ao seu país.

– Talvez eu ainda possa ser. Posso tentar. Se tivesse você para me ajudar, com seus ideais puros, e o menino para manter meu coração aberto para as crianças. Não sei muito sobre essas coisas, mas posso aprender. Posso ler, você pode me dizer o que ler. Podemos estudar juntos. E na minha posição talvez eu pudesse realmente ser prestativo, no fim das contas.

– Talvez? – ela o observou, o semblante forte e bastante intenso, o sorriso atraente, os olhos que demonstravam interesse e atração. Era um homem capaz, poderoso. Com certeza a amava agora. Podia sentir um poder sobre ele que nunca tivera durante o curto e miserável casamento; e a atração que sentia por aquele homem na juventude se reafirmou.

Outro barulho os alcançou, uma algazarra misturada com alegria, transformada em um som de nível estrondoso à altura em que estavam da rua.

– É a hora em que as escolas daqui liberam as crianças – disse ela. – Ouvimos isso todos os dias. Veja só a multidão!

Inclinaram-se no amplo parapeito e observaram a torrente multicolorida de jovens passando.

– Um dia foi diferente – disse ela. – Um estrondo estranho e perfurante, um som peculiar. Olhei para fora e vi uma briga: dois meninos cambaleando de um lado para outro da rua, com um ringue em movimento ao redor deles, uma grande multidão, todos berrando em sintonia.

– Tem uma visão panorâmica das vidas que passam nessas ruas, não é? Consegue distinguir aquele sujeitinho de cabelo ruivo lá embaixo?

– Não, nós dois somos míopes, sabe disso. Não consigo distinguir fisionomias a esta distância. Você consegue?

– Não, não muito bem – respondeu ele. – Mas que enxame de crianças!

– Vamos sair daqui – disse ela –, não suporto olhar para elas. Tantas crianças naquela rua pedregosa, e aqueles bondes que sobem e descem como leões rugindo!

Recuaram para a grande sala ensolarada, ela se sentou ao piano e folheou umas partituras soltas.

Ele a observou com um olhar de profunda admiração, era tão alta, tinha aparência tão nobre, o tecido leve do vestido requintado esvoaçava atrás dela enquanto caminhava, o contorno do pescoço branco se alongava torneado e imponente dos largos ombros harmoniosos.

Aproximou-se dela, pegou as partituras, colocou-as fora de alcance e apoderou-se de suas mãos.

– Volte para mim, Mary – implorou ele. – Venha comigo e me ajude a ser um homem melhor! Ajude-me a ser um bom pai. Preciso de você!

Ela o viu praticamente suplicar. Os olhos, a voz, as mãos dele – eles tinham o mesmo charme dos velhos tempos. No entanto, tinha dito apenas "talvez", que *pode* estudar, *pode* aprender.

Pediu a ela que o ajudasse, mas não disse "vou fazer isso" – disse apenas "posso".

No sol forte e constante de junho, na poeira crivada de uma esquina da cidade, no barulho dissonante e confuso do tráfego lá embaixo, eles se entreolharam.

Os olhos dele brilhavam e se aprofundavam enquanto a observava mudar de cor. Com gentileza, ele a puxou para si.

– Mesmo que não me ame agora, vai me amar com o tempo, minha querida!

Mas ela se afastou dele com um sobressalto de medo, um olhar horrorizado.

– Aconteceu alguma coisa! – gritou ela. – Está tudo tão quieto!

Os dois correram até a janela. A avenida logo abaixo deles estava tão vazia quanto à meia-noite, e muito silenciosa. Uma grande quietude surgiu e se alastrou por um momento em torno de um bonde aberto, imóvel e vazio. Sem passageiros ou motorneiro, o bonde estava sozinho no espaço inconfundível; então, com uma arfada de horror, os dois conseguiram ver.

Bem diante de seus olhos, na direção deles, debaixo do longo bonde – uma criança pequena.

O garoto estava inerte, de bruços, sujo, tombado com os braços indefesos bem abertos, o grande bonde o prendia como um camundongo na ratoeira.

Então as pessoas apareceram correndo.

Ela se virou, sufocando, com as mãos sobre os olhos.

- Ah! - lamentou ela. - Ah! É uma criança, uma criancinha!

- Calma, Mary, calma! - disse ele. - A criança está morta. Já passou. O garoto morreu. Nem chegou a perceber o que o atingiu. - Porém sua própria voz titubeava.

Ela fez um grande esforço para se controlar, e ele tentou tomá-la nos braços, para confortá-la, mas Mary se afastou com uma força violenta.

- Muito bem! - disse ela. - Tem razão. A criança está morta. Não podemos salvá-la. Ninguém pode salvá-la. Agora venha, venha aqui até a janela, e veja o que acontece. Quero ver com meus próprios olhos, e que você veja, o que acontece quando seus bondes cometem assassinatos! Assassinato de uma criança!

Ela verificou o relógio.

- É meio-dia e dez agora.

Mary o arrastou de volta até a janela, e tão evidente era a luta para se controlar, tão intensa e agonizante era sua comoção, que ele não ousou impedi-la.

- Olhe! - exclamou ela. - Olhe! Veja a multidão agora!

A primeira corrida horrorizada para longe do instrumento de morte foi seguida pela crescente afluência da multidão habitual.

De todas as direções, pessoas se apinhavam em número surpreendente, atropelando-se e empurrando-se ao redor da figura silenciosa no chão; presa, tão inexpressiva, entre os trilhos e as rodas de ferro, um peso tão grande sobre um corpo tão pequeno! O bonde, ainda vazio, surgia como uma ilha no mar de cabeças agitadas. Homens e mulheres gritaram instruções exaltadas. O enxame de mãos impotentes tentou tirar a enorme massa de madeira e ferro de cima da pequena coisa destroçada, tão pequena, mas nem sequer tirou o peso esmagador do chão.

Uma fileira inteira de homens ansiosos agarrou a grade lateral e lutou para erguer o vagão, mas moveram apenas a grade.

A multidão crescia continuamente, mulheres chorando, crianças se debatendo para ver, homens empurrando uns aos outros, capacetes de policiais surgindo entre eles. E ainda assim o enorme bonde estava lá, em cima do corpo da criança.

– Não há como levantar esses monstros do chão? – perguntou ela. – Depois de terem feito isso, nem mesmo podem ser removidos dali.

Ele umedeceu os lábios para responder.

– Há uma equipe com guindaste. Vão chegar aqui em breve.

– Em breve! – exclamou ela. – Em breve! Esses monstros não poderiam usar seu próprio poder para se erguer de alguma forma? Nem isso?

Ele não disse nada.

Mais policiais chegaram e abriram um pouco de espaço ao redor do corpinho, cobrindo-o com um tecido escuro. O motorneiro foi resgatado de um grupo de vingadores e levado sob escolta.

– Dez minutos – disse ela, olhando para o relógio. – Dez minutos e nem tiraram o bonde de cima da criança ainda! – Ela prendeu a respiração com um grande soluço.

Então, virou-se para o homem ao seu lado:

– Suponha que a mãe dele esteja no meio da multidão! Pode muito bem estar! Os filhos dela estudam nessa escola, moram aqui embaixo, ela nem consegue se aproximar para ver! E se conseguisse, se soubesse que é seu filho, não poderia *tirá-lo* dali!

A voz dela se transformou em choro.

– Não, Mary – disse ele, em um tom rouco. – É... é horrível! Não piore ainda mais!

Ela manteve os olhos no mostrador do relógio, contando os minutos. Olhou para a multidão abalada e repetiu várias vezes, baixinho:

– Uma criança! Uma criancinha frágil!

Passaram-se doze minutos e meio antes que a equipe do guindaste aparecesse com os equipamentos. Ainda demorou muito para que concluísse o trabalho, só então aquele corpinho esmagado e sujo foi levado para uma área com grades e colocado ali, envolto em uma mortalha encardida e vigiado por um policial.

Passou-se meia hora antes que a ambulância chegasse para levá-lo embora.

Ela recuou e se agachou, soluçando ao lado do sofá.

– Pobre mãe! Que Deus ajude essa mãe!

Ele ficou tenso e pálido por um tempo; e quando Mary se acalmou, o senhor Gortlandt se pronunciou.

– Você estava certa, Mary. Eu... naturalmente, nunca... presenciei isso! É horrível. Vou colocar aqueles para-choques em cada um dos bondes dos nossos quatro sistemas!

Ela não disse nada. Ele repetiu.

– Odeio deixá-la se sentindo assim, querida. Devo ir?

Mary levantou o rosto, que parecia ter envelhecido alguns anos, mas não olhou para ele.

– Deve ir. E nunca mais voltar. Não vou suportar olhar para a sua cara de novo!

Então deu as costas a ele, estremecendo.

Um casal de cegonhas

Um casal de cegonhas se aninhou.

Ele era uma jovem cegonha – de mentalidade tacanha. Antes de se casar, socializava-se, em especial, com rapazes da própria espécie, e não pensava em damas, nem donzelas, nem matronas.

Depois de se casar, concentrou toda a atenção no Júbilo da Esposa; naquele Triunfo da Arte, Trabalho e Amor – seu Ninho; e naquelas Criaturinhas Especiais – seus Filhos. Ficara extremamente sensibilizado pelo maravilhoso instinto e fenômeno maternal. Amor, veneração, admiração profunda desabrocharam em seu coração por Aquela do Sólido Ninho, Aquela do Tesouro Reluzente de Ovos Acetinados; Aquela do Peito Incubador e Paciente, das Asas Aconchegantes, do Grupo de Pequenos felpudos de bico aberto.

Ele trabalhou assiduamente para ajudá-la a construir o ninho e alimentar os filhotes, orgulhoso de sua atuação apaixonada em favor da família. Com devoção, cumpria sua parte na chocagem enquanto era a vez dela de caçar. Quando estava em voo, pensava incessantemente Nela como aquela cuidando da Ninhada – Sua Ninhada. Quando estava no ninho, pensava ainda mais Nela, que ficara ali por tanto tempo, com tanto amor, para fins muito nobres.

Os dias felizes voaram, bela primavera - doce verão -, gentil outono. Os jovens não paravam de crescer; tornava-se mais trabalhoso manter seus bicos, cada dia mais largos e compridos, fechados em contentamento. Os pais voavam para longe em busca de alimento.

Então os dias ficaram mais curtos, o céu mais escuro, o vento mais frio; havia menos caça e pouco sucesso. Em seus sonhos, ele passou a ver os raios de sol, os raios de sol ardentes, dia após dia; céus de infinitos azuis; escuros, profundos, mas cheios de fogo; e extensões de águas cristalinas, rasas, quentes, orladas de diversas espécies de juncos altos, abarrotadas de sapos corpulentos.

Tudo isso também estava nos sonhos dela, mas ele não sabia.

Ele esticava as asas e voava mais longe a cada dia; mas as asas não estavam contentes. Em seus sonhos, surgiu a sensação de alturas elevadas e infinitos horizontes de terra fluindo abaixo dele; água negra e terra branca, água cinza e terra marrom, água azul e terra verde, tudo fluindo para trás dele dia após dia, enquanto o frio diminuía e o calor aumentava.

Ele sentia as noites vazias cintilantes, as estrelas mais afastadas, tremeluzindo, queimando; as estrelas mais próximas, tremeluzindo nas águas escuras; e sentia suas grandes asas largas, fortes, onipotentes, levando-o adiante!

Tudo isso também estava nos sonhos dela, mas ele não sabia.

– É hora de bater asas e Voar! – exclamou ele um dia. – Eles estão chegando! Estão sobre nós! Sim, tenho que Voar! Adeus, minha esposa! Adeus, meus filhos! – A Paixão das Asas o havia dominado.

Ela também foi tocada no coração.

– Sim! – É hora de Voar! De bater asas e Voar! – exclamou ela. – Estou pronta! Vamos!

Ele ficou chocado, aflito, perplexo.

– Ora, meu amor! – disse ele. – Que despropósito! Você não pode acompanhar o Grande Voo! Suas asas são para chocar os pequeninos! Seu corpo é para a Maravilha do Tesouro Reluzente!, não para dias e noites de revoadas incessantes! Não pode ir!

Ela não lhe deu ouvidos. Abriu as largas asas e voou em círculos bem lá no alto – como, na verdade, vinha fazendo havia muitos dias, embora ele não tivesse notado.

Pousou na viga a seu lado, onde ele ainda resmungava objeções.

– Como é glorioso! – exclamou ela. – Vamos! Eles estão quase prontos!

– Sua mãe desnaturada! – ele explodiu. – Esqueceu-se da Ordem da Natureza! Esqueceu-se dos seus filhos! Dos seus adoráveis, preciosos, indefesos Pequeninos! – E chorou, pois seus valores mais elevados haviam sido destruídos.

Mas os Preciosos Pequeninos estavam enfileirados na viga e batiam as asas jovens e fortes com desdém. Tinham quase o tamanho dele; na verdade, ele mesmo era apenas uma Jovem Cegonha.

Então o céu foi tomado pelo branco de mil asas, era como a neve e a prata e a espuma do mar, houve um furacão relampejante, um tornado de alegria selvagem e nesse momento o Exército do Céu se espalhou na devida formação e flutuou em direção ao sul.

Tomada pela exultação recordada e pela grande esperança exultante, sentindo os fortes raios de sol mais vívidos do que os de seus sonhos, ela zarpou para a distante terra do sol; e os filhos, deslumbrados com a felicidade do Primeiro Voo, seguiram ao seu lado.

– Mas você é Mãe! – arquejou ele quando os alcançou.

– Sim! – exclamou ela, alegremente. – Mas era Cegonha antes de ser Mãe! E ainda sou!... E serei para Todo o Sempre!

E assim as Cegonhas seguiram Voo.

Uma artista mediana

Quando os olhos castanhos de Rosamond pareciam ser grandes demais para seu rostinho talentoso e os cachos castanhos dançavam nos ombros, ela tinha um entusiasmo ardente por livros ilustrados. Adorava a leitura, mas quando a imagem, de repente, tornava real o que a jovem mente estava tentando entender, e o estímulo atingia os dois lados do cérebro ao mesmo tempo, ela ria de tanta alegria e abraçava o livro.

As vagas novas palavras descrevendo coisas que ela nunca vira sugeriam um castelo, um lugar de escuridão e beleza; em seguida, sobre a página surgia o próprio Castelo, uma miragem turva e enorme diante dela, com pesados estandartes suspensos à contraluz da calmaria do sol poente.

Como ela lamentava, mal sabendo por que, quando as ilustrações eram menos reais do que as descrições; quando a princesa, cuja beleza fizera dela a Rosa do Mundo (seu nome também era Rosamond!), de forma visível aparecia não mais bonita, não, não tão bonita quanto A Bela de Cachos Dourados do outro livro! E que algazarra fez diante da desinteressada família ao confrontar, pela primeira vez, a inacreditável blasfêmia de uma ilustração que diferia do texto!

– Mas, mãe, veja! – exclamou ela. – Aqui fala: "Sua beleza foi coroada pelas belas tranças de cabelos dourados, que dava três voltas em torno da cabeça", e essa garota aqui tem cabelo preto, e cacheado! Será que o homem se esqueceu do que acabou de escrever?

A mãe parecia não se importar nem um pouco.

– Eles erram quase sempre – argumentou ela. – Talvez seja uma gravura antiga. Saia daqui, querida, a mamãe está muito ocupada.

Mas Rosamond se importava.

Perguntou ao pai mais especificamente sobre essa misteriosa "gravura antiga", e ele, sendo um editor, foi capaz de lhe dar mais informações sobre o assunto. Ela descobriu que esses maravilhosos reforços às suas adoradas histórias não vinham direto do cérebro do escritor, mas eram o produto complementar de algum desenhista, que se importava bem mais com aquilo que ele pensava do que com aquilo que o escritor tinha em mente; que às vezes era preguiçoso, às vezes arrogante, às vezes incompetente; às vezes era as três coisas. Descobriu que encontrar um artista de verdade, que pudesse fazer ilustrações e estivesse disposto a fazê-las da mesma forma que o escritor havia vislumbrado, era muito incomum.

– Veja, filhinha – disse o pai –, os grandes artistas são grandes demais para fazer isso, preferem fazer as próprias ilustrações. E os pequenos artistas são pequenos demais, não conseguem fazer ilustrações reais com as próprias ideias, muito menos com as dos outros.

– Não *tem* artistas "médios"? – perguntou a criança.

– Às vezes – respondeu o pai, mostrando-lhe algumas ilustrações perfeitas que não deixavam nada a desejar, como as famosas de Teniel e Henry Holiday, ilustradores das amadas histórias *Aventuras de Alice* e *A caça ao Snark*, Doré e Retsch e Tony Johannot[10] e outros.

– Quando eu crescer – disse Rosamond, decidida –, vou ser uma artista "média"!

Felizmente para suas aspirações, a linha de estudos necessária não era de forma alguma diferente da educação geral. Os pais lhe explicaram que um bom ilustrador precisa saber de tudo um pouco. Então, com obediência, ela frequentou a escola e a faculdade, e quando chegou a hora de trabalhar de verdade com ilustrações não encontrou nenhuma objeção.

---

[10] Ilustradores de obras de Dante, Goethe e Rousseau. (N.T.)

– É um trabalho bonito – dissera a mãe. – Uma bela realização. Será sempre uma fonte de renda para ela.

– Mais vale que uma moça tenha seus próprios interesses – dissera o pai – do que se case com o primeiro tolo que pedir sua mão. Quando realmente se apaixonar, isso não vai ser um obstáculo; nunca é... para uma mulher. Além do mais, ela pode precisar disso algum dia.

Então o pai a apoiou e a mãe não a atrapalhou, e quando os olhos castanhos se tornaram menos desproporcionais e os cachos marrons se encolheram no alto da bela cabeça, ela se viu aos 21 anos mais determinada a ser uma artista mediana do que quando tinha 10.

Logo surgiu o amor, na figura de um dos leitores de seu pai, um vigoroso recém-formado, alto, bonito, dominante, decidido, que aceitava um salário de quatro dólares por semana pelo privilégio de trabalhar em uma editora só porque adorava livros e pretendia ser escritor um dia.

Eles viam muito um no outro e tinham afinidades agradáveis. Ela simpatizava com as críticas dele à ficção contemporânea; ele simpatizava com as críticas dela à ilustração contemporânea; e a jovem imaginação de Rosamond começou a se agitar com doces lembranças de poesia e romance, e doces expectativas de uma bela realidade.

Há casos em que o caminho mais longo para casa se torna o caminho mais curto, mas o senhor Allen G. Goddard escolheu fazer de forma diferente. Ele havia lido muito sobre as mulheres e sobre o amor, desde todos os fundamentos da Antiguidade, mas lhe faltou uma compreensão da mulher moderna, com a qual teve de lidar.

Portanto, convencido de que Rosamond era adequada, suas teorias e tendências compatíveis, ele fez amor com ela, ardentemente, sussurrando "Minha Esposa!" em seu ouvido antes mesmo que ela tivesse ousado pensar um "meu querido!". De repente, envolveu-a nos braços com beijos abrasadores, enquanto ela ainda refletia sobre *The huguenot lovers (Os amantes huguenotes*[11]*)*, e os beijos com que ela se atreveu a sonhar vinham aos poucos, devagarinho, como nos *Sonetos portugueses*[12].

---

[11] Um conto de 1889 de Collinson Pierrepont E. Burgwyn. (N.R.)

[12] *Sonetos portugueses* é uma coleção de amor escrita por Elizabeth Barrett Browning entre 1844 e 1845. Foi muito aclamada pela crítica e popular durante a vida da poetisa (N.T.)

Ele estava em sério desespero.

– Nossa, você é tão linda! Tão inacreditavelmente linda! Venha aqui, meu Doce! – exclamou Allen.

Rosamond havia se afastado e estava ofegante, olhando para ele, meio repreensiva, meio zangada.

– Você me ama, Querida! Não pode negar! – continuou ele. – E eu a amo!... Ah! Já deve saber disso!

Ele era devoto, sincero; agitado por uma emoção avassaladora e muito genuína. Ela, por outro lado, foi tomada por muitas emoções ao mesmo tempo: um prazer, do qual estava um pouco envergonhada; uma decepção, que não conseguia definir com clareza, era como se alguém tivesse lhe contado todo o enredo de um romance promissor; uma sensação de medo, das novas esperanças que havia nutrido e da lealdade surpreendente que tinha por seus propósitos há muito tempo.

– Pare! – exclamou ela, pois ele evidentemente confundiu sua inquietação e pensou que seu silêncio era um consentimento. – Acho que sim... amo você... um pouco, mas não tem o direito de me beijar desse jeito!

Os olhos brilharam.

– Você é minha Amada! *Minha* Amada! – disse ele. – Vai me dar esse direito, não vai? Agora, Querida, veja! Estou esperando! – E abriu os braços para ela.

Mas Rosamond ficava cada vez mais descontente.

– Vai ter que esperar. Sinto muito, mas ainda não estou pronta para me comprometer! Conhece os meus planos. Ora, vou para Paris neste ano! Vou para trabalhar! Vai demorar muito até que eu esteja pronta para... para me assentar.

– Quanto a isso – devolveu ele, com mais calma –, é claro que não posso propor um casamento agora, mas podemos esperar por esse momento juntos! Com certeza não vai me deixar... se me ama!

– Acho que o amo – disse ela conscienciosamente –, pelo menos acho que sim. De alguma forma, acabou confundindo tudo... você me pressiona tanto!... Não... não posso me amarrar ainda.

– Está me dizendo para esperar por você? – perguntou ele, com a voz profunda e ainda grave para tocar o coração dela. – Por quanto tempo, Querida?

– Não estou pedindo que espere por mim. Não quero prometer nada... nem mesmo para ter você. Mas quando conquistar meu lugar... estou realmente fazendo algo para conseguir isso... talvez então...

Ele riu com aspereza.

– Não minta para si mesma, menina, nem para mim! Se me amasse, não teria esse desejo bobo de liberdade... de uma carreira. Não me ama... é isso!

Esperou que Rosamond negasse. Ela não disse nada. Allen não sabia como foi difícil para ela segurar o choro e não correr para seus braços.

– Muito bem. Adeus! – disse ele e depois partiu.

Tudo isso acontecera três anos atrás.

Allen Goddard ficou muito magoado; e acrescentou mais uma ideia ao conceito que já tinha sobre as mulheres: "a nova mulher" era uma criatura egoísta e sem coração, indiferente à sua verdadeira natureza.

Devido à pressão das circunstâncias, tinha que ficar onde estava e trabalhar, o que deixou tudo mais difícil; logo ele se tornou um misógino; o que não é algo ruim quando um rapaz tem que viver com muito pouco e construir um lugar para si.

Apesar desse cinismo, não conseguia desviar o pensamento daqueles olhos escuros, com brilho suave; das sinceras linhas pensativas do rosto jovem e puro; e das luzes e sombras cambiantes naquele cabelo sedoso. Além disso, no decorrer do trabalho, ele se lembrava dela o tempo todo, pois suas ilustrações distintas apareciam cada vez mais nas revistas, e ficavam melhores, mais expressivas, mais convincentes com o passar dos anos.

Histórias de aventura, Rosamond ilustrava de forma admirável; histórias infantis, com perfeição; contos de fadas – ela fazia a alegria de milhares de crianças, que nunca imaginaram que a minúscula rosa pitoresca em um círculo, presente em todas aquelas ilustrações encantadoras, era uma assinatura. Allen, porém, percebeu que ela nunca ilustrou histórias de amor; e sorriu, com amargura, para si mesmo.

E Rosamond?

Houve momentos em que estava inclinada a desistir do dinheiro da passagem e se jogar sem limitações naqueles braços fortes que a seguraram com tanta força por um curto tempo. Mas um botão aberto não floresce de forma natural; e seus sentimentos tumultuosos foram completamente dissipados por um interminável e severo ataque de *mal de mer*. Ela tirou duas vantagens daquela experiência: a primeira, passou um período a salvo das desinteressantes investidas dos ansiosos colegas da escola e dos cautelosos admiradores mais velhos; a segunda, descobriu uma habilidade para fazer ilustrações de amor e amantes a que nunca havia aspirado antes.

Fazia ilustrações dele, de memória – tão boas, tão comoventes, que as guardava com devoção em um portfólio separado, e apenas as tirava de lá de vez em quando. Ilustrou, só por prazer, alguns dos poemas e histórias que mais amava na infância. *The rhyme of the duchess May (A rima da duquesa de maio*[13]*), The letter L (A letra L*[14]*), In a balcony (Em uma varanda), In a gondola* (*Em uma gôndola*[15]). Escondeu as ilustrações até de si mesma – elas a assustavam bastante.

Depois de três anos trabalhando no exterior, Rosamond voltou para casa com a reputação bem estabelecida, muito trabalho e um entusiasmo que não seria reprimido pelo atual estado de espírito do senhor Allen Goddard.

Ela o encontrou ainda no mesmo trabalho, promovido, ganhando quinze dólares por semana, e aumentando sua renda com artigos políticos e estatísticos que escrevia para revistas. Quando se encontraram, ele falou desse trabalho com pouco entusiasmo, e perguntou-lhe educadamente sobre o dela.

– Qualquer um pode ver meu trabalho! – respondeu ela em tom leve. – E julgá-lo com facilidade.

– O meu também – respondeu ele. – Hoje... mas amanhã é jogado no cesto de lixo. Quem correr pode ler... se correr bem rápido.

Allen disse a si mesmo que estava feliz por não se ter comprometido com aquela criatura insolente e brilhante, autossuficiente e bem-sucedida de forma tão antinatural.

Rosamond disse a si mesma que ele nunca se importara de verdade com ela, era evidente.

---

[13] Poema de Elizabeth Barrett Browning, a mesma autora de *Sonetos portugueses*. (N.T.)

[14] Poema de John Ingelow. (N.T.)

[15] *Em uma varanda* e *Em uma gôndola* foram escritos pelo dramaturgo e poeta inglês Robert Browning. (N.T.)

Então um editor inglês, que gostava do trabalho dela, enviou-lhe o novo romance de um escritor novato, A. Gage[16].

– Sei que isso foge da sua linha de trabalho habitual – disse ele –, mas quero que uma mulher faça essas ilustrações e quero que você seja essa mulher, se possível. Leia e veja o que acha. Faremos nos seus termos.

O romance foi chamado de *Duas e um;* e ela começou a ler com certo desinteresse, pois gostava daquele editor e queria apresentar todos os motivos para recusar o trabalho. Começava com dois jovens muito apaixonados; a moça, uma jovem escultora talentosa com o desejo vívido de fama; e uma segunda moça, a prima do homem, bastante simplória, mas bonita e doce, e sem anseios, a não ser por viver um romance e uma vida doméstica. O primeiro casal rompeu um noivado feliz porque ela insistiu em estudar em Paris, e seu noivo, que não podia acompanhá-la nem se casar de imediato, naturalmente se opôs.

Rosamond se sentou na cama; envolveu-se em um xale, trouxe a luz mais para perto e continuou.

O homem estava com o coração partido; sofreu torturas de solidão, decepção, dúvida, menosprezo. Preso ao trabalho por causa da mãe viúva que sustentava, ele tinha esperança, contra todas as expectativas, de que seu amor perdido voltasse. Enquanto isso, a moça se saía bem com as obras de arte; não era apenas uma grande escultora, mas uma retratista popular e criadora de pequenos grupos do gênero. Ela recebeu outras propostas de casamento, mas as recusou, endurecida em suas ambições e, talvez, ainda reprimida pelo antigo amor.

O homem, depois de dois ou três anos de sofrimento em vão e árduo trabalho, é acometido por uma doença séria; a linda prima ajuda a mãe a cuidar dele e demonstra sua afeição. Ele lhe oferece o que sobrou do seu coração partido, e ela, desejosa, compromete-se a remendá-lo; os dois são razoavelmente felizes, pelo menos ela é.

Mas e a jovem escultora em Paris! Rosamond percorreu as páginas até o último capítulo. Lá estava a heroína presunçosa e triunfante em seu

[16] Este nome, um pseudônimo, tem relação com o nome verdadeiro do autor, como se verá. (N.T.)

estúdio. Havia recebido uma medalha – tinha muitas propostas de trabalho –, acabara de recusar o pedido de um conde. Todos haviam partido e ela se sentou sozinha em seu belo estúdio, satisfeita e triunfante.

Então ela pega um velho jornal americano que estava jogado por ali; lê distraidamente enquanto fuma um cigarro – de repente, o jornal e o cigarro caem no chão e a escultora fica sentada lá, com o olhar fixo.

Em seguida, levanta-se... com os braços abertos... em vão.

– Espere! Ah, espere! – exclama ela – Eu estava prestes a voltar! – E se deixa cair na cadeira outra vez. O fogo se apagou. Ela está sozinha.

Rosamond fechou o livro e recostou-se no travesseiro. Seus olhos estavam bem fechados; sob a luz próxima, porém, uma pequena linha brilhante surgiu em cada lado da face. Ela apagou a luz e ficou imóvel.

Allen G. Goddard, na qualidade de leitor, estava examinando alguns romances ingleses populares que sua editora desejava organizar para publicar na América. Ele deixou *Duas e um* por último. Aquela era a segunda edição, a ilustrada, que ainda não tinha visto; a primeira, já havia lido. De vez em quando, fitava aquela edição com uma expressão peculiar.

– Bem, acho que consigo aguentar, já que outros aguentam – disse a si mesmo, e abriu o livro.

As gravuras eram certamente expressivas, um estilo diferente do que conhecia. Eram ilustrações impressionantes, vívidas, reais, refletindo até os mínimos detalhes das descrições, e o próprio espírito do livro, mostrando-o com mais perfeição do que as palavras. Havia a terna felicidade dos amantes, a coragem, a firmeza, o propósito fixo da jovem escultora que insistia na sua liberdade, e o exultante orgulho da artista pelo sucesso no trabalho.

Havia beleza e charme nessa personagem, ainda que o rosto estivesse sempre voltado para o outro lado, e havia uma sugestão assustadora de familiaridade na figura. A outra garota era linda e de expressão dócil; bem-vestida e elegante; ainda assim, de alguma forma pouco atraente, mesmo no seu auge, como enfermeira; e o homem era extremamente bem desenhado, tanto no entusiasmo da paixão como amante quanto na angústia do sofrimento ao ser rejeitado. Era muito bonito; e ali também havia a forte sensação de semelhança.

– É porque ele se parece muito *comigo!* – exclamou o leitor, de repente, pondo-se em pé. – Que sujeito atrevido! Mas que raiva!

Então ele observou a ilustração outra vez, com mais cuidado, com uma suspeita crescente no semblante; voltou às pressas para a folha de rosto, mas encontrou ali um nome desconhecido.

Aquele trabalho sutil, poderoso e convincente; aquele homem que inegavelmente fez uma alusão a ele próprio; aquela garota cujos olhos não podia ver; passou por cada ilustração e correu para o final do livro.

"O fogo estava apagado... ela estava sozinha." E lá, à luz implacável de uma grande lâmpada diante da lareira sem chamas, o jornal amassado ao lado dela, toda a esperança se fora da pequena figura encolhida e desolada. Ele se sentou – ora, podia reconhecê-la entre outras mil, mesmo com o rosto enterrado nas mãos e afundado no braço da cadeira – era Rosamond!

Rosamond estava no pequeno quarto no centro da cidade trabalhando arduamente quando ele entrou; porém ela ainda teve tempo de esconder um novo livro.

Allen foi direto até ela; carregava um livro nas mãos, aberto – ele o estendeu na sua frente.

– Você fez isso? Vamos, diga! – reivindicou ele. Sua voz estava muito instável.

Ela levantou o olhar devagar até encontrar o dele; os olhos de Rosamond eram grandes, suaves, cheios de luzes dançantes, e a bela cor se estendia aos contornos dos seus cabelos dourados.

– Você fez? – perguntou ela.

Ele ficou surpreso.

– Eu! Ora, foi... – disse, mostrando a folha de rosto para ela. – "Escrito por A. Gage" – leu ele.

– Sim – disse ela. – Continue.

– "Ilustrado por M. du Rose."[17]

– É um romance esplêndido – disse ela, a sério. – Um trabalho genuíno, um trabalho ótimo. Sempre soube que faria isso, Allen. Estou muito

[17] M. du Rose é um anagrama com o nome da ilustradora, Rosemond (Rosa do mundo, transformado, na assinatura do livro, em *Mundo da rosa*). (N.T.)

orgulhosa! – E estendeu a mão, mostrando a apreciação sincera e sensata de uma colega artista.

Ele aceitou, ainda perplexo.

– Obrigado. Valorizo sua opinião, valorizo mesmo! E... E o seu trabalho ficou excelente! Excepcional! – disse ele, com uma súbita retribuição de reconhecimento. – Ora, colocou mais nessa história do que eu havia escrito! Você faz com que a coisa viva e respire! Colocou naquele rufião solitário a sombra de remorso que não fui capaz de admitir por ser muito orgulhoso! E mostrou, de um jeito maravilhoso, como aquela Outra Garota era... pouco convincente. Mas olhe aqui... sem brincadeira!

Ele pegou o rosto dela entre as mãos, mãos que tremiam intensamente, e a forçou a olhar para ele.

– Fale sobre a última ilustração! É... verdade?

Seus olhos se encontraram com o dele, carregando o olhar que Allen desejava.

– É verdade – respondeu ela.

Depois de algum tempo, na verdade foi muito tempo, mas os dois não tinham percebido, ele de repente irrompeu.

– Mas como *descobriu*?

Ela levantou o rosto corado e sorridente, e recorreu para a folha de rosto outra vez.

– A. Gage. Você praticamente assinou.

– E você... – Ele jogou a cabeça para trás e riu com prazer. – Assinou M. du Rose! Oh, sua bruxa! É muito inteligente, querida! Como nossos trabalhos se encaixam bem. Por Deus! Que bons tempos teremos juntos!

E os bons tempos vieram.

Malcriado

O cérebro jovem estava desperto e faminto. Era um cérebro vigoroso, cheio de vitalidade e bem organizado; ansioso, recebendo impressões com grande alegria e armazenando-as rapidamente com as devidas correspondências.

Que mundo maravilhoso!

Doçura e luz foram as primeiras impressões – luz que fazia com que seus olhos sorrissem; e Doçura Encarnada – aquela grande e suave Presença que era Alimento, Calor, Repouso, Conforto, algo ainda melhor; para tudo isso, ele ainda não tinha um nome, a não ser "Mamã"!

Ele estava crescendo, crescendo rápido. Estava satisfeito com a comida. Estava satisfeito com o sono. Mas seu cérebro não estava satisfeito. Então a primeira serviçal do cérebro tomou a frente para cuidar da situação; pequena, macia, insegura, em busca de todo conhecimento – a mãozinha.

Algo para segurar! Os reflexos ancestrais despertaram quando os dedos se fecharam. Algo para puxar! Os frágeis músculos flexores do braço se contraíram com uma sensação prazerosa. As sensações fluíram para o cérebro faminto – acolhidas com ardor.

Então, de repente, uma nova sensação: Dor! Recuou a mão ao tocar em uma anêmona que convocou seus tentáculos, um pouco mais macios do que aqueles dedos rosados; mas ele não sabia exatamente onde estava a dor, muito menos de onde vinha, ou o que significava.

– Mais! – disse o cérebro faminto. – Mais! – E a mãozinha se esticou outra vez.

Levou uma palmada severa.

– Não, não! – disse uma voz estranha. Nunca tinha ouvido aquele tom antes. – Não! Não! Menino malcriado! Não ponha a mão nisso!

Ele ergueu o rosto sem acreditar. Sim, era a Comida, o Aconchego e o Conforto que estavam fazendo aquilo com ele.

A boquinha úmida estremeceu, chorosa, um berro saiu de dentro dele.

– Aqui! – disse a Presença, e deu-lhe um chocalho.

Já tinha segurado aquilo antes. Sabia tudo o que podia fazer. Ele o largou.

Repetidamente, dia após dia, a pequena serviçal do cérebro corria para ministrar e enfrentava uma dor aguda; enquanto o novo conceito obscuro, "Malcriado" – algo que se quer fazer e não se pode –, era registrado.

A criança cresceu e seu cérebro se desenvolveu mais rápido. Aprendeu novas palavras, e por trás das palavras, nos novos espaços intocados, o cérebro ágil armazenava conceitos – de acordo com o seu entendimento. Aprendera que a Presença variava. Nem sempre era Doçura, Repouso e Alegria, às vezes era Desconforto, Empecilho, até mesmo Dor. Aprendera a olhar para tudo com dúvida – quando estava prestes a fazer algo – para ver de que forma ela reagiria contra ele.

– Esse bebê não é uma fofura? – indagou a Presença. – Sabe muito bem que sim!

Mas seu cérebro ficou mais forte e sua mão ficou mais forte, e nos arredores havia um mundo de objetos, despertando todos os tipos de sensações que descobriria com gosto.

– Tenho que ficar de olho nessa criança o tempo todo para mantê-la longe de travessuras! – disse a Presença.

Pegou-o com força pelo braço e puxou-o para trás.

– Não ponha a mão aí de novo! Se fizer isso, vai apanhar!

Ele a encarou, olhos arregalados, revolvendo a linguagem. A linguagem era tão interessante. "Não", ele sabia bem, além de "mexa" e "aí" e "de novo". "Se fizer" era mais difícil. Ainda não tinha certeza sobre o "se". E "apanhar", essa era bem nova. Ele franziu os lábios macios e soltou um sonzinho, balbuciando, tentando pronunciar a palavra.

– Sim, apanhar! – disse a Presença. – Agora seja bonzinho!

Ele também sabia o que era "seja bonzinho". Significava não fazer alguma coisa. Não poderia ser bonzinho por muito tempo – não mais do que o Famoso Índio.

No decorrer do crescimento, logo aprendeu "Apanhar". Foi muito desagradável. O cérebro agitado, recebendo, classificando, organizando, reorganizando informações, armazenou essa experiência feroz sem demora. "Apanhar – Dor e Afronta. Acontece quando você quebra alguma coisa. É uma Consequência."

O cérebro estava muito ocupado reorganizando esta tal Consequência. "Acontece quando derruba o leite, quando suja a roupa, quando a rasga (as roupas devem ser sagradas!), quando 'se intromete', quando foge, quando se molha, quando pega o açúcar, quando..." (esta foi uma grande descoberta)... "quando Mamã está com Raiva." Ele estava mais velho agora e descobriu que a Presença variava bastante. Assim, o cérebro construiu seu grupo de impressões morais.

Então, em um dia memorável, esse organizado arranjo de moral, autêntico, sofreu um grande choque.

Lá estava o açúcar, ao fácil alcance, e o açúcar é O Todo-Poderoso para o corpo jovem. A lembrança da satisfação, o forte desejo imediato, a orientação do olho, o impulso da mão... tudo o instigava a realizar o ato natural de comer. Contra isso, o quê? A lembrança turva da dor indiscriminada, apenas por causa da força principal sendo associada àquela satisfação visível e cobiçada; e o poder da inibição nascente. Controlar o forte desejo natural através de nenhuma força além da memória de ameaça oral, ou mesmo de dor sentida, nem sempre é fácil para adultos.

Ele comeu o açúcar, receoso mas alegre. Ninguém mais estava presente. Ninguém viu o ato, nem soube depois.

Ele não apanhou.

Então, o jovem e forte cérebro apresentou-se para uma nova ocasião. Observou, deduziu e até experimentou, ruborizado com a satisfação do exercício sem pressão. Estabeleceu, antes de completar 5 anos, estas conclusões:

"'Malcriado' é uma coisa pela qual se é punido por fazer, se não for punido, não é malcriado.

"'Punição' é algo que acontece se for descoberto, se não for descoberto, não é punido.

"Portanto, se não for descoberto, não é malcriado!"

Assim, a criança cresceu e se tornou um homem.

A mãe de Martha

Quase três metros de comprimento.

Quase dois metros e meio de altura.

Quase dois metros de largura.

Havia um armário, na verdade! Um armário com cerca de trinta centímetros de profundidade, por isso ela escolheu aquele quarto. Havia a cama, o baú e espaço apenas para abrir parcialmente a porta do armário – isso ocupava o comprimento. Havia a cama, a cômoda e a cadeira – isso ocupava a largura. Entre a cabeceira, a cômoda e a cadeira havia uma faixa com menos de três metros de comprimento. Havia espaço para se virar perto da janela. Havia espaço para se virar perto da porta. Martha era magra.

Um, dois, três, quatro, vira.

Um, dois, três, quatro, vira.

Ela lidava com aquilo muito bem.

– É uma cabine – dizia sempre a si mesma. – É uma cabine grande, luxuosa e bem mobiliada com uma janela de verdade. *Não* é uma cela.

Martha tinha uma imaginação impetuosa e construtiva. Às vezes isso era a alegria da sua vida, seu tapete mágico, sua lâmpada de Aladim. Às vezes isso a deixava assustada – terrivelmente assustada, era tão intensa.

A ideia da cela lhe ocorrera em um dia sombrio, e ela foi uma tola ao abrir a porta para a imaginação – brincava com isso de vez em quando. Desde então, teve que construir uma barreira especial para aquela intrusa em particular, então criou o "cenário de cabine" e agarrou-se a ele a toda força.

Martha era estenógrafa e datilógrafa em um escritório imobiliário. Recebia doze dólares por semana e era grata por isso. O pagamento era regular e o suficiente para viver. Pagava sete dólares pela hospedagem com meia pensão, noventa centavos por seis almoços, dez pelo transporte diário, inclusive aos domingos, setenta e cinco pelo serviço de lavanderia, e um dólar para a mãe. Assim, sobrava-lhe um dólar e sessenta e cinco centavos para comprar roupas, sapatos, luvas, tudo. Tentara economizar com a alimentação, mas isso aumentou os custos médicos, e ela acabou perdendo um bom lugar por estar doente.

– Paredes de pedra não fazem uma prisão, nem os dormitórios estreitos uma gaiola – dizia ela com determinação. – Bem... eis outra noite... o que devo fazer? Biblioteca? Não. Estou com a vista cansada. Além disso, três vezes por semana é o bastante. Não tem reunião na associação. *Não* vou me sentar na sala. O tempo está úmido demais para caminhar. Não posso costurar, muito menos ler... Santo *Deus!* Daqui a pouco o Basset chega!

Ela se sacudiu e andou de um lado para outro de novo.

Os prisioneiros têm o hábito de falar sozinhos – essa foi a sugestão que aflorou em sua mente, essa ideia de cela outra vez.

– Tenho que me livrar disso! – disse Martha, ao parar de repente. – É o suficiente para levar uma moça à loucura!

O processo de enlouquecimento foi interrompido por uma batida na porta.

– Desculpe-me por aparecer aqui – disse uma voz. – Sou a senhora MacAvelly.

Martha conhecia bem essa senhora. Era amiga da senhorita Podder, da Associação Sindical de Moças.

– Entre. Estou feliz em vê-la – disse ela, com hospitalidade. – Sente-se na cadeira... ou na cama, é muito mais confortável!

– Estive com a senhorita Podder nesta noite e ela estava ansiosa para saber se seu sindicato conseguiu alguma coisa desde a última reunião. Disse a ela que descobriria... era o que podia fazer. Estou incomodando?

– Incomodando! – Martha deu uma risada curta. – Ora, foi enviada por Deus, senhora MacAvelly! Se soubesse como as noites são tediosas para nós, moças!

– Não costuma... sair muito? Para... teatros ou parques? – O tom daquela senhora era simpático e não bisbilhoteiro.

– Não muito – respondeu Martha, com sarcasmo. – Teatros... duas moças, dois dólares, mais vinte centavos de transporte. Parques... vinte centavos, seja para caminhar ou se sentar nos bancos e ficar só olhando. Museus... não abrem à noite.

– Mas não recebe visitas... na sala ali embaixo?

– Reparou naquela sala? – devolveu Martha.

A senhora MacAvelly tinha reparado. Era fria e também sufocante. Era feia, desprezível e hostil. Três moças cansadas estavam lá, duas tentando ler sob uma lâmpada a gás pendurada sobre a cabeça delas; a outra, em uma ficção social de privacidade, tentando entreter o interlocutor ao telefone do outro lado da sala.

– Sim, podemos receber visitas..., mas na maioria das vezes nos levam para sair. E algumas de nós não saem – respondeu Martha, com um tom sombrio.

– Entendo, entendo! – disse a senhora MacAvelly com um sorriso agradável, e Martha perguntou a si mesma se ela realmente entendia, ou se estava apenas sendo cordial.

– Por exemplo, tem o senhor Basset – prosseguiu a moça, um pouco imprudente, dando a entender que o visitante é quem deveria compreendê-la.

– Senhor Basset?

– Sim, da Pond & Basset, um dos meus empregadores.

A senhora MacAvelly se condoeu.

– Não poderia... bem... evitar isso? – sugeriu ela.

– Quer dizer, fugir dele? – perguntou Martha. – Ora, sim... poderia sim. Poderia perder meu emprego. Conseguir outro... com outro Basset, provavelmente.

– Eu entendo! – repetiu a senhora MacAvelly. – Como a raposa e o enxame de moscas! Deveria haver uma maneira mais confortável de vocês, moças, viverem! Quanto ao sindicato... tenho que voltar para a senhorita Podder.

Martha lhe passou as informações de que ela precisava e levantou-se para acompanhá-la escada abaixo. Ouviram o fraco tilintar da campainha flutuando pelos corredores ecoantes, e os pés arrastados da criada subindo as escadas. Uma cabeça negra e crespa se enfiou pela porta.

– O senhor Basset, querendo ver a senhorita Joyce – anunciou ela formalmente.

Martha ficou paralisada.

– Por favor, diga ao senhor Basset que não estou me sentindo bem nesta noite, e que imploro para ser dispensada.

Lançou um olhar desafiador para sua convidada enquanto Lucy descia as longas escadas fazendo um estrondo; então se esgueirou até o parapeito e espiou o saguão estreito. Ela ouviu a mensagem sendo transmitida com precisão solene, e depois ouviu a voz clara e firme do senhor Basset:

– Diga à senhorita Joyce que vou esperar.

Martha voltou para o quarto com três passadas longas, tirou os sapatos e deitou-se devagar na cama.

– Boa noite, senhora MacAvelly – disse ela. – Sinto muito, mas estou com dor de cabeça e preciso me deitar! Faria a gentileza de dizer isso a Lucy quando descer?

A senhora MacAvelly concordou e partiu, e Martha ficou conscienciosamente quieta até ouvir a porta se fechar lá embaixo.

Ela estava tranquila, mas nada satisfeita.

No entanto, o descontentamento de Martha não era nada em comparação ao de sua mãe, a senhora Joyce, em seu lar na zona rural. Lá vivia uma mulher de 53 anos, ágil, vigorosa, inquietantemente ativa, mas que perdera sua utilidade, como ela mesma dizia, quando um cavalo assustado por um automóvel sapateou em cima dela. Não conseguia se locomover sem muletas, nem usar as mãos para costurar, embora, de certo modo, ainda pudesse escrever. Entretanto, na melhor das circunstâncias, escrever não era seu *forte*.

Morava com a irmã viúva na pequena, modesta e empoeirada casa da fazenda à beira da estrada; uma estrada montanhosa que não levava a nenhum lugar específico, e íngreme demais para aqueles que seguiam naquela direção.

Ligeira com as muletas, a senhora Joyce saltitava pela pequena casa, não havia outro lugar por onde saltitar. Já não conversava com a irmã havia muito tempo – Mary nunca tinha muito a dizer. De vez em quando elas brigavam, e então a senhora Joyce saltitava apenas no quarto, era uma vida limitada.

Um dia ela se sentou à janela, olhando avidamente para a estrada pedregosa cheia de costelas de vaca; em silêncio forçado, dedilhando os braços da cadeira com bastante vigor. De repente, gritou:

– Mary! Mary Ames! Venha aqui rápido! Rápido! Tem alguém vindo pela estrada!

Mary entrou o mais rápido que pôde, carregando uns ovos no avental.

– É a senhora Holmes! – disse ela. – E uma pensionista, eu acho.

– Não, não é – devolveu a senhora Joyce, ansiosa. – É aquela mulher que está visitando os Holmes. Ela estava na igreja na semana passada. Myra Slater me falou dela. O sobrenome é MacDowell, ou algo assim.

– Não é MacDowell – retrucou a irmã. – Eu me lembro, é MacAvelly.

Essa teoria foi confirmada quando a senhora Holmes chegou e apresentou a amiga.

– Tem ovos para nós, senhora Ames? – perguntou ela.

– Sente, sente – disse a senhora Ames cordialmente. – Eu estava pegando os ovos, mas só peguei oito até agora. Quantos quer?

– Quero todos que encontrar – respondeu a senhora Holmes. – Duas dúzias, três dúzias... todos que eu puder levar.

– *Tem* duas galinhas no ninho, vou lá dar uma olhada. E ainda não fui ao depósito de lenha. Vou procurar lá também. Você se assente bem aqui com minha irmã. – E a senhora Ames se foi, esbaforida.

– Que vista agradável tem daqui – disse a senhora MacAvelly educadamente, enquanto a senhora Holmes se balançava na cadeira e se abanava.

– Agradável! Que bom que gosta, madame. Talvez vocês, gente da cidade, não gostassem tanto dessas vistas se não tivessem outras coisas para ver!

– O que gostaria de ver?

– Gente! – respondeu a senhora Joyce sem demora. – Muita gente! Qualquer coisa acontecendo.

– Gostaria de morar na cidade?

– Sim, madame, gostaria! Já trabalhei na cidade quando era moça. Servia mesas em um grande restaurante. Tive que ser caixa... por dois anos! Gosto do negócio!

– Depois se casou com um fazendeiro? – indagou a senhora Holmes.

– Sim, casei. E nunca me arrependi, senhora Holmes. David Joyce era um homem muito bom. Ficamos noivos antes de eu sair da casa dos meus pais. Eu trabalhava para ajudar nas contas, então não podíamos nos casar.

– Há muito trabalho em uma fazenda, não é? – indagou a senhora MacAvelly.

Os olhos ávidos da senhora Joyce brilharam.

– *Tem muito!* – ela concordou. – Muita coisa para fazer. E muita coisa para administrar! Na época, tínhamos ajudantes, os trabalhadores da fazenda e as crianças que estavam crescendo. E em algumas temporadas tínhamos hóspedes aqui.

– Você gostava?

– Sim. Era do que mais gostava. Gosto de ver muita gente, e de cuidar delas. A melhor fase da minha vida foi no verão em que fui governanta de um hotel.

– Foi governanta de um hotel! Que interessante!

– Sim, madame, foi interessante! Um primo meu tinha um hotel de verão aqui nas montanhas... e não tinha muita mão de obra naquela temporada, então me levou lá para ajudar. Aí ele ficou doente, e levei tudo aquilo nas costas! Acabei gostando muito! O lugar deu mais lucro do que nunca naquele verão! Meu primo disse que foi graças às "vantajosas" compras de mantimento que tinha feito. Talvez fosse! Mas eu conseguia fazer compras ainda mais vantajosas... e poderia ter-lhe dito isso. Na verdade, eu disse... e ele não me chamou para trabalhar de novo.

– Que pena! – disse a senhora Holmes. – E suponho que se não fosse pelo seu pé, faria isso agora, e com prazer!

– Com toda certeza! – afirmou a senhora Joyce com veemência. – Faria melhor do que nunca, na cidade ou no campo! Mas aqui estou, presa por causa dessas pernas! E dependendo da minha irmã e dos meus filhos! Isso me aborrece demais!

A senhora Holmes assentiu com simpatia.

– É muito corajosa, senhora Joyce. Admiro sua coragem e... – Ela hesitou, pois não podia dizer "paciência", então continuou: – ... alegria.

A senhora Ames voltou com mais ovos.

– Não é o suficiente, mas já é um pouco mais – disse ela, e as visitantes partiram com os ovos.

Perto do fim do verão, a senhorita Podder, da Associação Sindical de Moças, sufocando no pequeno escritório, ficou contente ao receber a visita da amiga, a senhora MacAvelly.

– Não fazia ideia de que estava na cidade – disse ela.

– Não estou, oficialmente – respondeu a visitante. – Estou apenas dando uma passada entre uma visita e outra. Está mais quente do que pensei que estaria, mesmo no extremo oeste.

– Pense no calor que faz mais ao sul – respondeu a senhorita Podder, impaciente. – É quente o dia todo... e quente à noite! Minhas meninas sofrem muito! Estão tão agitadas!

– Como está o progresso das associações? – perguntou, interessada, a senhora MacAvelly. – Suas meninas já encontraram pensionato?

– Não, não vale a pena. É preciso alguém para administrar direito, sabe? As meninas não conseguem; as pessoas que trabalham por dinheiro não conseguem atender aos nossos desejos, e as pessoas que trabalham por amor geralmente não trabalham bem.

A senhora MacAvelly sorriu com simpatia.

– Você está certa – disse ela. – Mas, sério, alguns desses "Lares" são melhores do que outros, não são?

– As meninas os odeiam – respondeu a senhorita Podder. – Preferem uma pensão comum, mesmo que seja para dividir o quarto entre duas ou três. Gostam da independência. Você se lembra de Martha Joyce?

A senhora MacAvelly se lembrava.

– Sim. Eu me lembro. Conheci a mãe dela nesse verão.

– Ela é aleijada, não é? – perguntou a senhorita Podder. – Martha me falou dela.

– Ora, não exatamente. Ela é o que os do oeste poderiam chamar de "deficiente", porém é mais ativa do que a maioria das pessoas com saúde. – E a senhora MacAvelly encantou a amiga com um relato animado do amor da senhora Joyce pela cidade e dos seus antigos triunfos em restaurantes e hotéis.

– Ela seria ótima para administrar uma casa dessa para as moças, não acha? – indagou a senhorita Podder de repente.

– Ora, se ela realmente pudesse... – admitiu a senhora MacAvelly, com tranquilidade.

– *Pudesse!* Por que não? Diz que ela se vira bem. Veja, tudo o que precisa fazer é *gerenciar*. Poderia fazer os pedidos por telefone e manter os empregados trabalhando!

–Tenho certeza de que ela gostaria – disse a senhora MacAvelly. – Mas essas coisas não requerem capital?

A senhorita Podder ficou um tanto apreensiva.

– Sim... um pouco, mas acho que podemos levantar o dinheiro, se conseguirmos encontrar a casa certa!

– Vamos dar uma olhada no jornal – sugeriu a visitante. – Tenho um *Herald* aqui comigo.

– Há uma casa que parece adequada – proclamou a senhorita Podder em seguida. – A localização é boa e tem muitos quartos... mobiliados. Acho que custaria bem caro.

A senhora MacAvelly concordou, com certa tristeza.

– Vamos – disse ela. – Está na hora de fechar o escritório, sem dúvida. Vamos dar uma olhada na casa assim mesmo. Não é longe.

Elas conseguiram permissão para visitar a casa e logo chegaram lá.

– Eu me lembro deste lugar – disse a senhorita Podder. – Estava à venda no início do verão.

Antes era uma daquelas casas espaçosas, não chegava a ser da "velha", mas era no mínimo da "média" Nova Iorque; com grandes salas divididas de modo aleatório em outras menores.

– Foi uma pensão, com certeza – disse a senhora MacAvelly.

– Ora, é claro – respondeu a senhorita Podder, vasculhando e examinando tudo com muita ansiedade. – Qualquer um pode ver isso! Mas fizeram uma reforma bem completa. O porão está todo caiado, tem uma fornalha nova, um fogão novo, e olhe para esta geladeira!

Aliás, era uma geladeira de grande capacidade e aspecto muito limpo.

– Não é grande demais? – indagou a senhora MacAvelly.

– Não para um pensionato, minha querida – respondeu a senhorita Podder com entusiasmo. – Ora, com uma geladeira dessa, poderiam comprar meio boi! E olhe os fornos extras! Já viu um lugar mais bem mobiliado... digo, para o que queremos? Parece que tudo foi feito sob medida!

– Parece mesmo, não é? – disse a senhora MacAvelley.

A senhorita Podder, ansiosa e determinada, não perdeu tempo. O aluguel do local estava dentro do razoável.

– Se houvesse vinte pensionistas, e mais alguns que fossem apenas fazer refeições, creio que daria certo! – disse ela. – Esta casa... é um milagre. Parece que alguém a reformou só para nós!

Munida de uma lista de moças que concordariam em morar lá, algumas pagando seis e outras sete dólares por semana, a senhorita Podder fez uma viagem para Willettville[18] e expôs o assunto à mãe de Martha.

– Que aluguel ultrajante! – disse a senhora.

– Sim, os aluguéis em Nova Iorque *são* um tanto despropositados – admitiu a senhorita Podder. – Mas, veja bem, será uma renda garantida se as moças ficarem lá, e tenho certeza de que vão ficar; e se a comida for boa, poderia facilmente servir refeições para pessoas de fora também.

A senhora Joyce saltitou até a escrivaninha e pegou um lápis de ponta dura e afiada e uma prancheta com um bloco de notas pautado.

– Vamos ver – disse ela. – Falou que o aluguel de uma casa mobiliada é de três mil e duzentos dólares. Seria preciso uma cozinheira e uma camareira!

– E um fornalheiro – acrescentou a senhorita Podder. – Seria um custo em torno de cinquenta ao ano. A cozinheira seria trinta ao mês, a criada uns vinte e cinco. Isso se quiser mão de obra de primeira, o que seria necessário.

[18] Agora, conhecido como Saunderstown, é um bairro na North Kingstown, Rhode Island. (N.T.)

– Isso soma setecentos e dez dólares no total – afirmou a senhora Joyce.

– Lenha, luz e coisas desse tipo custariam duzentos dólares – estimou a senhorita Podder –, e acho que deveria considerar duzentos a mais para danos e custos extras em geral.

– Já são 4.310 dólares – disse a senhora Joyce.

– Depois, tem a comida – continuou a senhorita Podder. – Quanto acha que custaria alimentar vinte moças, duas refeições ao dia e três domingos?

– E mais três – acrescentou a senhora Joyce –, comigo e os ajudantes, vinte e três. – Conseguiria fazer isso por dois dólares semanais cada.

– Ah! – disse Miss Podder. – Conseguiria *mesmo?* Com os preços de Nova Iorque?

– Aguarde e verá! – devolveu a senhora Joyce.

– Isso representa uma despesa total de 6.710 dólares por ano. Agora, qual é o faturamento, madame?

O lucro era certo, se conseguissem faturar o esperado. Dez moças pagando seis dólares e dez pagando sete dólares seriam cento e trinta dólares por semana, seis mil e setecentos dólares ao ano.

– Aqui está – disse a senhora Joyce triunfante. – E as refeições que venderíamos para fora... Ah, se minhas panquecas na chapa não atraírem pessoas, estou muito enganada! Se tiver dez clientes... a cinco dólares por semana e lucrar três de cada... serão... 1.560 dólares a mais. Faturamento total, 8.320 dólares. Mais de mil dólares líquidos! Talvez eu possa aumentar o tamanho da porção um pouco... ou cobrar menos!

As duas mulheres trabalharam juntas por cerca de uma hora. A senhora Ames chegou mais tarde com uma lista de preferências como manteiga, ovos e frango.

– Há uma geladeira do tamanho de um armário – disse senhorita Podder.

A senhora Joyce sorriu triunfante.

– Ótimo! – disse ela. – Posso comprar os bichos do Judson aqui e mandar que carregue lá. Também posso comprar maçãs e batatas aqui, além de muitas outras coisas.

– Provavelmente vai precisar de um pouco de dinheiro para começar – sugeriu a senhorita Podder. – Acho que a Associação poderia...

– Não precisa, obrigada mesmo assim – disse a senhora Joyce. – Tenho um pé-de-meia que é o bastante para ir até Nova Iorque e comprar lenha. Além disso, todos os meus pensionistas vão pagar adiantado, isso é certo. As refeições para fora vão ser vendidas por ingressos!

Seus olhos brilharam. Ela percorreu a sala de um lado a outro com as ágeis muletas.

– Minha... – disse ela – vai ser bom ter minha menina outra vez para alimentar.

A casa foi aberta em setembro, repleta de moças ansiosas, com grande apetite há muito tempo insaciado. O lugar tinha cheiro de novo, estava recém-pintado, impecavelmente limpo. A mobília era barata, mas nova, de bom gosto, com pequenas comodidades apreciadas pelo coração das mulheres.

Os quartos menores eram maiores que os dormitórios, os grandes eram compartilhados entre amigas. Martha e a mãe tinham um quarto com duas camas e espaço de sobra!

A sala de jantar era muito grande, à noite as mesas eram encostadas na parede e transformadas em "assentos", e as moças podiam dançar ao som de uma pianola alugada. Também podiam, quando convidados, aqueles que iam apenas para jantar; e logo surgiu uma lista de espera de moças e rapazes.

– Acho que posso reconstruir minha vida – disse a senhora Joyce –, deixando para trás os anos ruins.

– Não entendo como consegue nos alimentar tão bem... cobrando tão pouco – disse a senhorita Podder, que era uma das pensionistas.

– Quieta! – disse a senhora Joyce, em particular. – Seu café da manhã não custa mais do que dez centavos, nem seu jantar mais do que quinze, não do jeito que faço as compras! As coisas são saborosas porque são bem *preparadas*, só isso!

– E você não tem problemas com os ajudantes?

– *Shhh!* – disse a senhora Joyce outra vez, mais confidencialmente ainda. – Exijo muito deles... e lhes pago um bônus... um dólar extra por semana, desde que mereçam. Reduz um pouco o meu lucro, mas vale a pena!

– Vale a pena para nós, tenho certeza! – disse a senhorita Podder.

A senhora MacAvelly apareceu uma noite, logo na primeira semana, com interesse afetuoso e aprovação. As moças cansadas estavam sentadas nas cadeiras de balanço confortáveis e nos divãs, sob luzes agradáveis, lendo e costurando. As descansadas estavam dançando na sala de jantar, ao som da incansável pianola, ou jogando cartas na sala de estar.

– Acha que vai ser um sucesso? – perguntou ela à amiga.

– Já *é* um sucesso! – respondeu a senhorita Podder, triunfante. – Estou muitíssimo orgulhosa disso tudo!

– Acho que deveria estar – contribuiu a senhora MacAvelly.

A campainha tocou bruscamente.

A senhora Joyce estava saltitando pelo saguão naquele momento e abriu a porta sem demora.

– A senhorita Martha Joyce mora aqui? – perguntou um cavalheiro.

– Sim, mora.

– Gostaria de vê-la – disse ele, ao entregar seu cartão.

A senhora Joyce leu o cartão e olhou para o homem, com o rosto se contraindo em linhas rígidas. Já havia ouvido falar naquele nome.

– A senhorita Joyce está ocupada – respondeu ela secamente, ainda segurando a porta.

Ele podia ver os cômodos radiantes e agradáveis atrás dela. Ouviu a música ao fundo, o balanço dos pés dançantes, a risada alegre de Martha na sala.

A mulherzinha de muletas bloqueava sua passagem.

– Você é a governanta deste lugar? – perguntou ele, em tom áspero.

– Sou mais do que isso! – respondeu ela. – Sou a mãe da Martha.

O senhor Basset chegou à conclusão de que não esperaria.

Quando fui uma bruxa

Se eu tivesse entendido os termos daquele contrato unilateral com Satanás, o Tempo de Bruxaria teria durado mais, com toda a certeza. Mas como poderia saber? Simplesmente aconteceu, e nunca mais voltou a se repetir, embora eu tenha seguido os mesmos passos preliminares, até onde estavam ao meu alcance.

A coisa toda começou de repente, em uma meia-noite de outubro, no dia 30, para ser exata. Fazia calor, muito calor, o dia inteiro, e a noite estava abafada e trovejante; não havia nenhuma brisa, e a casa inteira estava escaldante por causa daquela atividade incompreensível que sempre parecia influenciar o aquecedor em momentos indesejáveis.

Eu fervilhava de raiva – estava quase a ponto de explodir sem nem levar em conta o clima e a caldeira –, por isso subi no telhado para me acalmar. Um apartamento no último andar tem essa vantagem, entre outras: pode-se sair para espairecer sem a mediação de um ascensorista!

Há muitas coisas em Nova Iorque capazes de fazer com que alguém perca a cabeça, e naquele dia em particular todas elas pareciam acontecer ao mesmo tempo, além de algumas situações novas. Na noite anterior, cães e gatos interromperam meu descanso, é claro. Meu jornal matutino estava mais falacioso do que de costume; e o jornal matutino do meu vizinho – que vi bem mais exposto do que o meu quando fui ao centro da cidade – estava ainda mais obsceno do que o habitual. Minha nata não era nata, meu ovo era uma relíquia antiquada. Meus "novos" guardanapos estavam esfarrapados.

Sendo mulher, não devo praguejar, mas, quando o motorneiro ignorou meu sinal claro e passou direto por mim com um sorriso rasgado no rosto; quando o guarda do metrô esperou até que eu estivesse prestes a embarcar para bater a porta na minha cara – e ainda permaneceu muito tranquilo atrás dela durante uns minutos até que o sino soasse para garantir que continuasse fechada –, desejei praguejar como um tropeiro.

À noite foi pior. O jeito como as pessoas acotovelam as costas umas das outras! O tocador de gado que apinha as pessoas no vagão ou as empurra para fora; os homens que fumam e cospem, com ou sem lei; as mulheres com chapéus de abas despropositadas e serrilhadas, penas inquietas e alfinetes mortais, contribuindo muito para o "conforto" lá dentro.

Bem, como disse, eu estava com um péssimo humor e subi no telhado para me acalmar. Pesadas nuvens negras pairavam baixas sobre mim, e relâmpagos ameaçadores tremeluziam por todo lado.

Uma gata preta faminta saiu de mansinho de trás da chaminé e miou de dor. Pobrezinha! Ela havia sido escaldada.

Por ser Nova Iorque, a rua estava bem tranquila. Debrucei-me um pouco no parapeito e observei as longas linhas paralelas de luzes cintilantes dos dois lados. Uma carruagem tardia se aproximou, o cavalo estava tão cansado que mal conseguia manter a cabeça erguida.

Então o cocheiro, com toda a habilidade consequente de sua experiência, lançou o chicote de tiras longas e vincou a barriga do pobre animal com um corte lancinante que me fez estremecer. O cavalo também estremeceu, coitadinho, e chacoalhou o arreio, trotando com muito esforço.

Inclinei-me um pouco mais e observei aquele homem com um espírito implacável de maldade.

– Desejo – disse eu, lentamente, e desejei de todo o coração – que qualquer pessoa que bata em um cavalo ou o machuque sem necessidade sinta a dor que pretendia causar, e que o cavalo não sinta nada!

De certa forma, senti-me bem ao dizer aquilo, mesmo sem esperar nenhum resultado. Vi o homem brandir o grande chicote outra vez – e descer o braço com vontade. Vi quando levantou as mãos no ar – ouvi seu grito –, mas nunca me perguntei o que teria acontecido, nem mesmo na época.

A gata preta, magra, tímida mas confiante, esfregou-se na minha saia e miou.

– Pobre bichana, pobre bichana! Que pecado! – exclamei, pensando com ternura em todos os milhares de gatos famintos, acuados, empesteados e que sofrem na cidade grande.

Mais tarde, enquanto tentava dormir, uma gritaria roufenha de alguns desses mesmos sofredores rasgou o silêncio, e minha piedade se transformou em frieza.

– Quantos idiotas têm gato nesta cidade! – resmunguei, com raiva.

Mais gritaria, uma pausa, um miado contínuo, torturante aos ouvidos.

– Desejo – explodi – que todos os gatos da cidade tenham uma morte confortável!

Um silêncio repentino pairou no ar e, depois de um tempo, consegui dormir.

Tudo correu muito bem na manhã seguinte, até que provei outro ovo. E, diga-se de passagem, os ovos custavam caro.

– Não posso fazer nada! – declarou minha irmã, que é governanta.

– Sei que não – reconheci. – Mas há quem possa. Desejo que os responsáveis tenham que comer ovos velhos, e não comam sequer um bom até que passem a vender ovos de qualidade.

– Parariam de comer ovos – devolveu a irmã – e comeriam carne, simples assim.

– Que comam! – retruquei, no impulso. – A carne está tão ruim quanto os ovos! Faz tanto tempo que não comemos um bom frango fresco que já nem sei mais que gosto tem!

– É por causa do congelamento – disse minha irmã. Ela é do tipo pacífico, eu não.

– É claro, o congelamento! – devolvi, rispidamente. – Isso deveria ser uma bênção… para ajudar a enfrentar a escassez, igualar o abastecimento e reduzir os preços. Mas o que é que acontece? Acabam monopolizando o mercado, aumentando os preços ao longo do ano e tirando todo o sabor da comida!

Minha raiva aumentou.

– Se houvesse alguma maneira de atingi-los! – exclamei. – A lei não serve para eles. Precisam ser amaldiçoados de alguma forma! Gostaria de fazer isso! Desejo que a corja que lucra com esse negócio cruel possa provar da carne horrível, do peixe velho, do leite rançoso... seja lá o que comam. Isso mesmo, e sintam na pele os preços assim como nós!

– Não sofreriam, sabe disso, são ricos – observou minha irmã.

– Eu sei – admiti, a contragosto. – Não há como atingi-los. Mas desejo que sintam na própria pele. E desejo que saibam como as pessoas os odeiam, e sintam isso também... até que reparem seus erros!

No caminho para o escritório, presenciei algo curioso. Um homem que conduzia uma carroça de lixo agarrou o cavalo pelo bridão, sacudiu-o e puxou-o com brutalidade. Fiquei admirada ao vê-lo levar as mãos até a própria boca com um gemido, enquanto o cavalo, racionalmente, lambia os beiços e o encarava.

O homem parecia ofendido com a expressão do animal e deu-lhe uma pancada na cabeça, logo em seguida massageou o próprio cocuruto e praguejou, espantado, olhando ao redor para ver quem o havia golpeado. O cavalo avançou um passo, esticando o focinho faminto na direção de um balde de lixo que transbordava folhas de repolho, e o homem, na tentativa de recuperar a posição de proprietário, xingou-o e chutou-o nas costelas. Naquele momento, ele precisou se sentar, ficou pálido e fraco. Assisti àquilo com grande fascínio e prazer.

Uma carroça de mercadorias desceu a rua sacolejando, guiada por um jovem rufião sisudo, começando os afazeres matinais. Ele juntou as pontas das rédeas e acertou uma pancada retumbante no lombo do cavalo. O cavalo nem chegou a sentir, mas o rapaz, sim. Soltou um belo grito.

Cheguei a um lugar onde muitos carroceiros trabalhavam no transporte de terra e pedra britada. Um estranho silêncio e paz pairavam sobre o cenário, onde normalmente o som do chicote e a visão de golpes brutais me faziam passar correndo. Os homens estavam reunidos, conversando um pouco, e pareciam estar trocando notas. Era bom demais para ser verdade. Fiquei olhando, maravilhada, enquanto esperava pelo bonde.

Ele surgiu, veloz e tilintante. Não estava lotado. Pouco antes, havia passado um, que acabei perdendo enquanto observava os cavalos; não havia nenhum outro à vista logo atrás.

No entanto a autoridade de semblante rude que o conduzia passou exultante sem parar, embora eu quase estivesse sobre os trilhos, agitando meu guarda-chuva.

Meu rosto enrubesceu de tanta raiva.

– Desejo que encontre o que merece – disse eu, com maldade, olhando para o bonde. – Desejo que pare, volte até aqui, abra a porta e peça desculpa. Desejo que isso aconteça com todos os condutores, todas as vezes que fizerem essa brincadeira de mau gosto.

Para minha infindável surpresa, aquele bonde parou e voltou até que a porta dianteira estivesse à minha frente. O condutor a abriu, com a mão no rosto.

– Perdão, senhora! – disse ele.

Entrei, atordoada, espantada. Seria isso mesmo? Seria possível que... o que eu desejava se tornava realidade? A ideia me deixou cismada, mas a descartei com um sorriso desdenhoso.

– Seria muita sorte – disse a mim mesma.

À minha frente estava sentada uma daquelas pessoas de anáguas. Era do tipo que eu particularmente detesto. Não tinha um corpo real feito de ossos e músculos, mas uma silhueta formada por gomos de linguiça. Cheia de si, com roupas cafonas, peruca avolumada e emaranhada, pó de arroz, perfume, flores, joias... e um cachorro.

Um pobre cãozinho, miserável, artificial – vivo, mas só por conta da insolência humana, não era uma criatura real feita por Deus. E o cão usava roupas – e uma pulseira! Na roupinha justa havia um bolso – e nele um lenço! Ele parecia doente e infeliz.

Refleti sobre sua lastimável situação, e de todos os outros infelizes prisioneiros acorrentados, levando uma vida antinatural de celibato forçado, privados dos raios de sol, do ar fresco, do uso das patas; conduzidos por criados relutantes para sujar nossas ruas a intervalos determinados; superalimentados, sedentários, ansiosos e adoentados.

– E dizemos que os amamos! – disse a mim mesma, com amargura. – Não é à toa que eles latem, uivam e enlouquecem. Não é à toa que têm quase tantas doenças quanto nós! Desejo… – então o pensamento que havia descartado me voltou à mente. – Desejo que todos os cães infelizes nas cidades morram de uma vez!

Observei o pequeno inválido de olhos tristonhos do outro lado do bonde. Ele baixou a cabeça e morreu. A mulher só percebeu quando desembarcou, então fez um estardalhaço.

Os jornais vespertinos só falavam disso. Ao que parece, alguma peste súbita assolou cães e gatos. Manchetes em vermelho e letras garrafais saltavam aos olhos, e as colunas estavam repletas de lamúrias daqueles que haviam perdido seus "animais de estimação", de operações inesperadas da comissão de saúde e de entrevistas com médicos.

Durante todo o dia, enquanto eu aturava a rotina do escritório, a estranha sensação desse novo poder lutava com a razão e o senso comum. Cheguei a testar alguns "desejos" discretamente. Desejei que o cesto de lixo caísse, que o tinteiro se enchesse sozinho; mas nenhum deles se realizou.

Desconsiderei a ideia como sendo uma simples loucura, até que li aqueles jornais e ouvi pessoas contando histórias ainda piores.

Uma coisa decidi de imediato: não contar a ninguém.

– Ninguém acreditaria se eu contasse – disse a mim mesma. – E não vou lhes dar a chance. De alguma forma, deu certo com cães e gatos… e cavalos.

Naquela tarde, enquanto observava os cavalos trabalhando, pensei em todo o sofrimento pelo qual passavam nos estábulos superlotados da cidade sem o nosso conhecimento, o ar impuro, a escassez de comida e o esforço físico que enfrentam com o pavimento de asfalto em clima de chuva e gelo. Então decidi fazer outra tentativa com os cavalos.

– Desejo – disse eu, com calma e cuidado, mas firme no meu propósito – que cada dono, tratador, locatário e condutor ou cavaleiro sinta o que o cavalo sente quando sofre em suas mãos. Que sinta de forma intensa e constante, até que essa situação seja reparada.

Durante algum tempo não consegui legitimar o resultado da tentativa; mas o efeito foi tão vasto que logo só se falava disso; e essa "nova onda de sentimento humano" não demorou a elevar o prestígio dos cavalos em nossa cidade. Também acabou por reduzir a quantidade de animais. As pessoas começaram a preferir carrinhos motorizados – o que foi algo muito bom.

Agora eu tinha certeza absoluta, mas guardei isso só para mim. Com uma bela sensação de poder e prazer, também comecei a fazer uma lista das minhas insatisfações acalentadas.

– Preciso ter cuidado – disse a mim mesma –, muito cuidado. E, acima de tudo, garantir que a punição seja adequada ao crime.

A superlotação do metrô veio à minha mente em seguida; tanto as pessoas que se apinham porque eram obrigadas quanto aquelas pessoas que as obrigavam.

– Não devo punir ninguém pelo que não podem evitar – ponderei. – Só quando for pura maldade!

Então me lembrei dos acionistas distantes, dos diretores mais próximos, dos terríveis oficiais de destaque e funcionários insolentes, e me pus a trabalhar.

– Posso fazer boas ações enquanto isso durar – disse a mim mesma. – É uma grande responsabilidade, mas é muito divertido.

E desejei que todos os responsáveis pelas condições dos nossos metrôs fossem obrigados por uma força misteriosa a andar para cima e para baixo no coletivo durante os horários de pico.

Observei esse experimento com vívido interesse, mas pessoalmente não vi muita diferença. Havia mais pessoas bem-vestidas na multidão, só isso. Então cheguei à conclusão de que o público em geral era o principal culpado, e era castigado todos os dias sem saber.

Para os guardas insolentes e os bilheteiros trapaceadores que devolviam troco a menos, com toda lentidão, quando se está com pressa e o trem já está na plataforma, desejei que sentissem a dor que suas vítimas gostariam de lhes infligir, mas sem nenhum ferimento real. Eles sentiram, imagino.

Depois desejei coisas semelhantes para todos os tipos de corporações e autoridades. E funcionou. Funcionou muito bem. Houve um repentino renascimento de consciência em todo o país. As múmias saíram das tumbas. Os conselhos administrativos, já tendo problemas o suficiente por si sós, foram atormentados por inúmeros comunicados de acionistas subitamente sensibilizados.

Nas fábricas, casas da moeda e ferrovias, as coisas começaram a melhorar. O país reverberou. Os jornais engrossaram. As igrejas se engrandeceram e tomaram o crédito para si. Fiquei furiosa com isso; e, depois de uma breve consideração, desejei que cada reverendo pregasse à sua congregação exatamente o que acreditava e o que pensava de cada um.

No domingo seguinte, fui a seis cultos. Fiquei cerca de dez minutos em cada um, durante duas sessões. Foi muito curioso. Mil púlpitos ficaram vazios de imediato, depois se encheram, ficaram vazios de novo, e assim por diante, semana após semana. Os fiéis iam mais às igrejas – em grande parte, os homens. As mulheres não gostaram nada daquilo – sempre imaginaram que os reverendos as considerassem mais do que parecia ser o caso agora.

Uma das minhas insatisfações mais antigas era contra o pessoal do vagão-leito; e então comecei a levá-los em conta. Quantas vezes sorri e os tolerei – como outros milhares de pessoas –, submetendo-me a eles, impotente.

Há um sistema de ferrovias – meio de transporte público, por sinal –, e um cidadão precisa usá-lo. Paga pela passagem, uma soma bem considerável.

Agora, se quiser ficar no vagão-leito durante o dia, tem que pagar mais dois dólares e meio pelo privilégio de sentar lá, embora já tenha pago por um assento ao comprar a passagem. Tal assento, então, é vendido para outra pessoa – ou seja, é vendido duas vezes! Cinco dólares por vinte e quatro horas em um espaço de um metro e oitenta de comprimento, noventa centímetros de largura e noventa de altura à noite, e um assento por dia. Vinte e quatro desses privilégios por vagão – cento e vinte dólares ao dia, no total, cada vagão – e os passageiros ainda pagam o carregador à parte. São 43.800 dólares ao ano.

Construir um vagão-leito é caro, dizem eles. Assim como os hotéis; mas eles não cobram tarifas tão despropositadas. Agora, o que eu poderia fazer para me vingar? Nada poderia colocar os dólares de volta nos milhões de bolsos; mas esse magnífico processo precisava ser interrompido imediatamente.

Então desejei que todas as pessoas que lucravam com essa atitude sentissem uma vergonha tão imensa que fizessem um pedido de desculpas por meio de uma retratação pública e, como restituição parcial, oferecessem suas riquezas para promover a causa das ferrovias gratuitas!

Depois me lembrei dos papagaios. Foi sorte, pois minha ira voltou a se inflamar. Ela estava esfriando enquanto eu tentava definir as responsabilidades e calcular as penas. Mas os papagaios! Qualquer pessoa que quisesse ter um papagaio deveria viver isolada em uma ilha com seu tagarela preferido!

Havia um papagaio enorme do outro lado da rua que chilreava sem parar, e seus berros roucos e sem sentido somavam-se aos males necessários dos outros ruídos.

Uma tia minha também criava um papagaio. Era uma mulher rica, pomposa, fora filha única e havia herdado uma fortuna.

O tio Joseph odiava o pássaro tagarela, mas isso não fazia nenhuma diferença para a tia Mathilda.

Eu não gostava daquela tia e não costumava visitá-la, com receio de que ela pensasse que eu estava me humilhando por causa do dinheiro. No entanto, daquela vez, depois de fazer meu desejo, dei uma passada lá na hora definida para que minha maldição funcionasse. E funcionou mesmo, foi arrebatadora. Lá estava o pobre tio Joe, mais magro e submisso do que nunca, e minha tia, como uma ameixa passada, para lá de soberba.

– Quero sair daqui! – disse o louro, de repente. – Quero dar uma volta!

– Que inteligente! – exclamou tia Mathilda. – Ele nunca falou isso antes.

Ela o deixou sair. Então ele bateu asas até o lustre e pousou entre os cristais, em segurança.

– Que velha porca você é, Mathilda! – exclamou o papagaio.

Ela se pôs em pé, é claro.

– Nasceu porca. Educada como porca. Porca por natureza e educação! – continuou o papagaio. – Ninguém ia aturar você, senão por seu dinheiro.

Só mesmo esse seu marido, sofredor de longa data. Nem ele, se não tivesse uma paciência de Jó!

– Tome tento com essa língua! – gritou tia Mathilda. – Desça já daí! Venha aqui!

O louro inclinou a cabeça e chacoalhou os cristais.

– Sente-se, Mathilda! – devolveu o papagaio, exultante. – Tem que me ouvir. Você é gorda, cafona e egoísta. É um estorvo para todos ao seu redor. Precisa me alimentar e cuidar de mim melhor do que nunca… e precisa me ouvir quando eu falar. Sua porca!

Visitei outra pessoa com um papagaio no dia seguinte. Ela pôs um pano sobre a gaiola quando entrei.

– Tire isso daqui! – disse o louro.

Ela descobriu a gaiola.

– Vamos para a outra sala? – perguntou-me, toda nervosa.

– É melhor ficar aqui! – disse o animal de estimação. – Fique quieta… fique quieta!

Ela ficou quieta.

– Seu cabelo é quase todo falso – disse a bela ave. – E seus dentes. E seu corpo. Come demais. É preguiçosa! Precisa de exercícios, e não sabe de nada. Melhor se desculpar com essa senhora por seus mexericos! Precisa me ouvir.

O comércio de papagaios caiu daquele dia em diante; disseram que não havia demanda. Mas as pessoas que já tinham papagaios ainda estão com eles – papagaios vivem muito tempo.

Os inconvenientes eram uma classe de infratores contra os quais eu nutria uma inimizade eterna. Então, esfreguei as mãos e comecei com este simples desejo: que cada pessoa aborrecida por eles consiga lhes dizer a pura verdade.

Havia um homem em especial que eu tinha em mente. Ele fora banido de um clube bem agradável, mas continuava aparecendo lá. Não era sócio – simplesmente aparecia; e ninguém fazia nada.

Foi muito engraçado. Naquela mesma noite, ele apareceu na reunião, e quase todos os presentes perguntaram-lhe por que estava lá.

– Você não é sócio, sabe disso – disseram. – Por que é tão enxerido? Ninguém gosta de você.

Alguns foram mais tolerantes com ele.

– Por que não aprende a ter mais consideração pelos outros e faz alguns amigos de verdade? – exclamaram. – Ter alguns amigos que gostam da sua presença deve ser mais agradável do que ser uma pessoa indesejada.

No fim das contas, ele desapareceu daquele clube.

Comecei a ficar muito petulante.

No ramo alimentício já se notava uma melhora considerável, e no transporte também. O burburinho da reforma crescia dia a dia, instigado pelo sofrimento invulgar daqueles que lucravam com a injustiça.

Os jornais prosperaram com tudo aquilo e, enquanto eu lia os protestos estrondosos no jornal que mais abomino, tive uma ideia literalmente brilhante.

Na manhã seguinte cheguei cedo ao centro da cidade e observei os homens abrindo seus jornais. A popularidade daquele jornal abominável era uma vergonha, sobretudo naquela manhã. No topo da página estava impresso em letras douradas:

> *Todas as mentiras intencionais, em anúncios, editoriais, notícias ou qualquer outra coluna (em escarlate).*
>
> *Todo material malicioso (em carmim).*
>
> *Todos os equívocos, por descuido ou ignorância (em magenta).*
>
> *Tudo o que for de interesse pessoal direto do proprietário (em verde-escuro).*
>
> *Tudo o que for um mero chamariz para vender o jornal (em verde-claro).*
>
> *Toda publicidade, primária ou secundária (em marrom).*
>
> *Toda matéria sensacionalista e obscena (em amarelo).*
>
> *Toda hipocrisia por encomenda (em púrpura).*
>
> *Boa diversão, instrução e entretenimento (em azul).*
>
> *Notícias verdadeiras e essenciais e editoriais honestos (impressão comum).*

Nunca se viu um jornal tão insano, que mais se parecia com uma colcha de retalhos. Durante alguns dias foram vendidos como pão quente, mas as vendas logo despencaram. Teriam parado a produção se pudessem, porém os jornais pareciam normais quando saíram da prensa. O esquema de cores ficou evidente apenas para o leitor de boa-fé.

Para a imensa alegria de todos os outros jornais, deixei as coisas assim por cerca de uma semana, e depois me virei contra todos eles de uma só vez. Ler os jornais tornou-se muito empolgante durante um tempo, mas a venda acabou despencando. Nem mesmo os grandes editores conseguiram continuar alimentando um mercado como aquele. As matérias em azul e em impressão comum cresciam de coluna em coluna e de página em página. Alguns jornais – pequenos, é claro, mas inovadores – começaram a aparecer apenas em azul e preto.

Isso me manteve extasiada e feliz por um bom tempo, tanto que me esqueci completamente de ficar com raiva de outras coisas. Em decorrência da simples publicação da verdade nos jornais, houve uma mudança *significativa* em todos os tipos de negócios. Começou a ficar claro que, até então, tínhamos vivido em uma espécie de delírio – sem conhecer a realidade dos fatos sobre qualquer coisa. Assim que conhecemos as verdades reais, passamos a nos comportar de maneira muito diferente, sem dúvida.

O que pôs fim a toda a minha diversão foram as mulheres. Sendo mulher, eu tinha um interesse natural por elas e podia ver algumas coisas com mais clareza do que os homens. Via o potencial real, a dignidade autêntica, a verdadeira responsabilidade delas no mundo; por isso, a maneira como se vestiam e se comportavam costumava me tirar do sério. Era como ver arcanjos jogando pega-varetas, ou cavalos de verdade sendo usados apenas como cavalinhos de balanço. Então, decidi ir atrás delas.

Como lidar com isso? O que atacar primeiro? Os chapéus, os chapéus feios, fúteis, ultrajantes – é a primeira coisa em que se pensa. As roupas ridículas e caras. Os colares e as joias falsificadas. A infantilidade gananciosa – em especial, das mulheres sustentadas por homens ricos.

Então pensei em todas as outras mulheres, as verdadeiras, a vasta maioria, fazendo pacientemente o trabalho de uma criada, mesmo sem receber o pagamento de uma criada – e descuidando dos deveres mais nobres da maternidade em favor do serviço doméstico. A maior força sobre a Terra, cega, sem instrução, acorrentada à rotina. Pensei no que poderiam fazer, em comparação ao que já fazem, e meu coração se encheu de algo que estava longe de ser raiva.

Então, desejei – com todas as minhas forças – que as mulheres, todas as mulheres, pudessem finalmente compreender a Feminilidade, seu poder e orgulho e posição na vida. Que pudessem ver seu dever como mães do mundo – amar e cuidar de todos os viventes. Que pudessem ver seu papel para com os homens – escolher apenas o melhor, e então dar à luz e educar homens melhores. Que pudessem ver seu dever como seres humanos e renascer para a vida plena, o trabalho e a felicidade!

Parei, sem fôlego, com os olhos brilhando. Esperei, tremendo, que as coisas acontecessem.

Nada aconteceu.

Veja só, essa magia que recaiu sobre mim era magia negra – e eu, agora, queria usar magia branca.

Simplesmente não funcionou e, o que era pior, pôs fim a todas as outras coisas que funcionavam muito bem.

Ah, se eu apenas tivesse pensado em desejar que aqueles maravilhosos castigos se perpetuassem! Se ao menos tivesse feito mais enquanto podia, se tivesse aproveitado a metade dos privilégios que tive quando fui uma bruxa!

Acreditar e Saber

O que é Acreditar, do ponto de vista psicológico? O que o cérebro faz quando "acredita" que é diferente do que faz quando "sabe"?

Há uma diferença. Quando se sabe de uma coisa, não precisa acreditar. Não há esforço, e nenhum crédito, associado ao saber; mas o ato de "acreditar" é, há muito tempo, considerado problemático, bem como louvável.

Parece haver não apenas uma distinção evidente entre saber e acreditar, mas também uma incompatibilidade direta. Pode-se praticamente dizer que quanto menos sabemos mais acreditamos, e que quanto mais sabemos menos acreditamos. A credulidade da criança, do selvagem e das classes sociais com menos educação contrasta de forma nítida com a relativa incredulidade do adulto civilizado e com mais educação.

Nossas sensações mentais também se manifestam de forma diferente diante de algo em que acreditamos e algo que sabemos. Se um homem diz que a grama é vermelha e o céu amarelo, logo pensamos que ele é daltônico – isso não nos irrita nem faz com que mudemos de opinião. Se ele diz que dois mais dois são dez, pensamos que é inculto, pouco inteligente, mas nosso ponto de vista não muda nem nos enfurecemos com ele. Mas quando contradiz algum dogma religioso, ficamos ofendidos e com raiva. Por quê? Por uma questão de ação físico-psicológica direta, por quê?

Para fazer uma comparação física, é a mesma diferença entre ser empurrado quando se está com os dois pés firmes no chão e ser empurrado quando se está equilibrando em um pé só.

Ou ainda, algo que sabemos é como uma coisa pregada no chão, ou plantada e crescendo; algo em que acreditamos é como uma coisa sustentada por uma força central e com bastante probabilidade de se soltar ou ir pelos ares.

– Não tente abalar a minha fé! – protesta o crente.

Ele não se opõe à tentativa de abalar seu conhecimento.

Se o novo conhecimento que lhe apresentamos for uma questão de fato evidente, se o cérebro racionalmente perceber que ele estava errado a respeito da situação e nós estávamos certos, ele suprimirá o conceito incorreto e armazenará o correto, sem nenhuma outra sensação desagradável a não ser um pouco de vergonha – isso se for sábio o bastante para admitir a ignorância de maneira elegante.

No entanto a nova fé que lhe apresentamos é outra questão. Ele se apega à antiga fé como se houvesse uma virtude na atitude mental da crença – ahá! Agora sim, estamos no caminho certo! Ele foi ensinado que essa virtude existe!

Recebemos conhecimento e fé de maneiras bem diferentes, com ênfases bem diferentes. A criança aprende... e aprende... e aprende... todos os dias de sua vida; aprende ano após ano enquanto seu cérebro for capaz de absorver impressões. Essa vasta massa de conhecimento é, em sua maior parte, recebida de modo indiscriminado e organizada pelo cérebro à sua maneira.

São poucas as áreas do conhecimento às quais atribuímos os conceitos arbitrários de superioridade; e esses conceitos, felizmente, estão todos obsoletos. O conhecimento dos "clássicos" já foi armazenado no mesmo compartimento da posição social, quando não junto à ortodoxia; e até hoje um erro de ortografia ou gramática é mais condenável do que a total ignorância sobre fisiologia ou mecânica. O conhecimento é uma vasta cordilheira, uma ilimitada cordilheira, visivelmente suscetível a expansão; cada novo pico ultrapassado nos mostra muitos outros. Aprendemos, desaprendemos e reaprendemos, sem muita oposição ou criticismo, desde que nosso pequeno grupo de especialidades esteja seguro – a ortografia, por exemplo.

Mas quando se trata de acreditar, desacreditar e tornar a acreditar, a questão é diferente. Durante a infância de nossa geração – antes mesmo que soubéssemos muito de qualquer coisa e, por essa razão, ainda fôssemos bem mais suscetíveis –, certas coisas nos foram apresentadas para que acreditássemos nelas. Esses objetos de crença eram genuinamente considerados assuntos da maior importância; e eram mesmo, porque, se qualquer criança de uma geração mais forte se recusasse a acreditar neles, seria condenada ao ostracismo – ou executada. O que um homem acreditava, ou desacreditava, era a tônica da vida – naquela interessante infância de nossa geração. Todos os outros processos mentais não eram nada comparados a isso. Conhecimento? Não havia ninguém para falar disso. A dúvida era um crime. O questionamento era o início da dúvida.

Os dogmas plantados mudaram, embora tenha sido de forma lenta; mas sua importância no estratagema da vida não mudou. Não importava o que o homem fosse ou não fosse, a primeira pergunta era: "Vós sois crente?". E ele era. Aquilo em que acreditava podia ser a Única Verdade Absoluta, ou uma das muitas heresias desprezíveis, mas ele era crente sempre.

Tudo começou com as criancinhas indefesas, sendo informadas das verdades básicas mais importantes, quaisquer que fossem as doutrinas religiosas correntes na época; e esse processo vem sendo renovado com cada geração até hoje – e ainda estamos nisso. Muitos dos livres-pensadores mais proeminentes não apenas preferem que suas mulheres continuem "devotas", mas insistem em submeter seus filhos ao antigo curso de instrução.

Então, no decorrer dessas eras ininterruptas, sob um tratamento combinado de rígida "seleção natural" – o extermínio dos inadequados, que foram queimados ou decapitados – com a mais densa pressão social, tanto na educação quanto na imitação, desenvolvemos na mente racial uma área especial para a "crença" como uma frente de conhecimento distinta. De modo anormal, essa área é sensível, pois durante aquelas longas eras do passado ela foi a base vital da própria vida. Se nossa Crença fosse estável e intacta, teríamos permissão para viver. Se vacilássemos, o mínimo que fosse, estaríamos em perigo. É de admirar que nos oponhamos de maneira tão automática a quem tenta "abalar nossa fé"?

As mudanças ocorridas no século XIX a respeito dessa questão não se deram apenas pela repentina abertura de novas áreas de conhecimento, nem pela adoção de métodos totalmente novos de aquisição de conhecimento, nem pela rápida popularização do conhecimento; mas, acima de tudo, pela nova noção dos conceitos. De modo vago, começamos a compreender alguma coisa sobre o verdadeiro estratagema da vida; a desenvolver nosso senso de verdades básicas a partir da observação dos fatos. Aquele estratagema subjacente da vida pelo qual o cérebro, enquanto órgão, anseia está agora se abrindo para nós no campo dos fatos constatados.

Agora uma concepção ampla, profunda e satisfatória da vida pode ser coletada no livro aberto sobre as leis naturais, tanto a percepção quanto a inspiração para o bem viver podem ser encontradas lá; todos os assuntos relacionados à harmonia esclarecem facilmente o conhecimento adquirido. Quando se sabe o suficiente para construir uma religião que trabalhe com fatos comprovados, não se precisa tanto dessa capacidade extra de acreditar.

Podemos também acreditar no que sabemos – mas não é necessário.

Será uma coisa maravilhosa para o mundo quando, em cada mente, as belas verdades da vida forem de conhecimento comum. Podemos acreditar em um suposto pai que nunca vimos; mas quando vivemos com nosso pai, simplesmente sabemos quem ele é.

A casa das maçãs

Havia um certo rei, jovem e inexperiente, mas um homem de recursos e iniciativa; um rei eficaz, se ao menos soubesse. Era novo no negócio, entretanto, ainda não se esforçava.

Esse rei, por coincidência, era extremamente apaixonado por maçãs; porém, como já dito, ele era jovem e inexperiente, e estava muito sobrecarregado com os novos deveres, as glórias e as responsabilidades para ser exigente demais.

Por uma questão de prudência, seus mordomos e servos se empenhavam para agradar-lhe. Por uma questão de natureza, davam-lhe tudo o que queria, sempre que podiam. Por uma questão de fato, sua mesa era suprida com o melhor que o mercado podia fornecer.

O mercado, no entanto, não podia arcar com tal fornecimento; pelo menos os produtos não satisfaziam o rei.

– Qual é o problema com estas maçãs? – questionou o rei. – Tragam-me outra variedade!

Eles lhe levaram vários tipos de maçã, nada menos que três ou quatro.

– Tragam-me mais variedades! – ordenou o rei.

– Ó, rei, isso é tudo o que o mercado oferece – responderam.

– Exonerem o mercador! – disse o rei. – Vou administrar esse negócio por conta própria.

Em seguida, o rei consultou seus livros sobre maçãs; e os chefes dos gabinetes da Horticultura e do Comércio. Tendo, assim, as informações necessárias, ele se retirou para estudar os fatos; e descobriu o seguinte:

"Maçãs cresciam fácil, como sempre cresceram; e realmente havia mais variedades, em vez de menos. As pessoas gostavam de maçãs como sempre gostaram, e havia mais pessoas, em vez de menos".

Entretanto, no campo, os pomares não eram bem cuidados e as maçãs acabavam alimentando porcos ou sendo deixadas para apodrecer. Na cidade, as barracas de frutas estavam carregadas com as maçãs mais sem graça e sem sabor do mercado, armazenadas a frio desde sabe-se lá quando; as mais em conta eram horríveis, e as que não eram horríveis nem em conta não tinham, de forma alguma, qualidade tão alta quanto o preço.

Em seguida, o rei emitiu um decreto ordenando que seus súditos, de todos os cantos, lhe enviassem amostras das variedades de maçãs que eram cultivadas, junto a seus nomes, histórias e particularidades.

Depois disso, ele partiu em viagem oficial, visitando os quatro cantos do reino e estudando a cultura de maçã em cada trimestre. Consultou individualmente pessoas de lugares diferentes perguntando:

– Por que não cultiva mais maçãs desta variedade ou daquela?

De modo unânime, as pessoas lhe responderam:

– Não paga as contas!

Seus Consultores Financeiros lhe explicaram, aparentando profundo respeito, mas internamente com desdém por sua inexperiência, que não havia mercado para aquelas variedades de maçã, e discursaram sobre a Lei da Oferta e da Procura.

Então o rei pediu ao povo que lhe escrevesse um cartão-postal informando qual variedade de maçã comprariam se pudessem; e quantos barris, sacas, caixas ou quilos gostariam de consumir por estação se cada barril custasse dois dólares, ou cada quilo custasse cinco centavos.

Isso empregou muitos matemáticos e estatísticos e tabuladores por vários dias, mas, quando tudo já havia sido calculado, o rei descobriu que o desejo do povo por maçãs não passava da média de um barril por pessoa ao ano. O rei não tardou a multiplicar o número de pessoas pelo preço do barril de maçãs e obteve uma grande soma.

– Ah! – exclamou o rei. – Este é o Mercado, não é?

Mas os Consultores Financeiros, rindo pelas costas do rei, disseram-lhe solenemente:

– Não, ó, Rei, é apenas uma estimativa dos desejos indolentes do povo... com dois "SES" bem grandes.

– Mas esta é a Demanda, não é? – questionou o rei.

Os Consultores Financeiros tomaram fôlego e responderam:

– Não, ó, Rei, isso é apenas um desejo, não uma demanda.

Mas o rei era apaixonado por maçãs, e obstinado.

Então ele fez com que fosse construída uma Casa de Maçãs em cada cidade; e nomeou para cada uma delas um Mestre da Maçã, apenas para realizar sua vontade. Ordenou que todos os seus modestos carregadores transportassem as maçãs durante a safra, em tantas carruagens quantas fossem necessárias para suprir os desejos do povo de cada cidade. Também ofereceu a todos os fruticultores, do humilde Agricultor ao arrogante Horticultor, tal e tal preço por tais e tais maçãs; o valor aumentaria à medida que a população aumentasse de um ano para o outro.

Na Casa das Maçãs havia um Salão de Exposições, mostrando exemplos em cera de cada Maçã sobre a terra e o mercado onde cada Maçã era vendida; as Maçãs que davam só em uma estação, e as Maçãs que davam o ano todo; algumas eram caras, outras eram baratas. No outono o mercado estava transbordando – para que então todas as pessoas pudessem comprar maçãs por uma ninharia; satisfazer a vontade e fortalecer o corpo.

Havia as Golden Porters[19], verdes e vermelhas, para serem consumidas durante sua curta safra; as adocicadas e suculentas, para serem assadas com melaço; as Maçãs da Cornualha[20], arroxeadas e farinhentas, e os pequenos néctares escarlate, que se acaba comendo sem parar. Assim, o povo

[19] Variedade própria para a fabricação da sidra, tradicional no oeste de Nova Iorque. (N.T.)

[20] Cornish Gilliflower, também conhecida como *gilliflower*, é uma variedade de maçã primeiramente encontrada na Cornualha, Inglaterra, por volta de 1800. (N.T)

comprou ainda mais do que pretendia; e as fazendas descobriram que as maçãs davam uma colheita lucrativa e passaram a cultivá-las; e os modestos carregadores nada perdiam, pois o transporte só crescia e o pagamento era regular e seguro.

Agora o rei estava realmente satisfeito, pois adorava Maçãs e gostava de fazer as coisas ao seu modo – como todos os reis. Ele também se encantava contemplando, saboreando e sentindo o aroma das gloriosas variedades de maçã em cada uma de suas Casas.

– Vale a pena pagar o Preço! – afirmou o rei. – Sei o que quero e estou disposto a pagar por isso.

Mas quando os Relatórios dos Mestres da Maçã chegaram, ora veja! Houve um Grande Lucro para o rei.

– Não há mal algum nisso! – disse ele, depois mostrou o relatório para seus Consultores Financeiros, limpando os lábios com a manga da camisa.

O nome desse rei era Povo.

Ganhando a vida

– Não haverá nenhum processo judicial e chicanaria que possa facilitar as coisas para você, meu jovem. Garanti isso. Aqui estão os títulos de propriedade da sua preciosa casa de campo. Você pode se sentar naquela cabana que ergueu com as próprias mãos e fazer poesia e invenções malucas pelo resto da vida! A água é boa... e acho que consegue viver de castanhas!

– Sim, senhor – disse Arnold Blake, esfregando o queixo comprido, mostrando hesitação. – Acho que consigo.

O pai o observou com total desgosto.

– Se você tivesse juízo, poderia reconstruir aquela velha serraria e ganhar a vida com ela!

– Sim, senhor– disse Arnold outra vez. – Pensei nisso.

– Pensou, é? – zombou o pai. – Pensou nisso porque rimava, aposto! Colina e usina, hein? Cabana e castanha, castanheiras e ladeiras, as cascatas em sonatas poderiam ajudar as castanhas triturar? Veja, também tenho um quê de poeta! Bem... aqui está sua propriedade. E com o que sua mãe lhe deixou vai poder comprar livros e papel para escrever! Quanto à minha propriedade... Jack vai ficar com ela. Os papéis já estão prontos também. Já que não sou idiota, economizei o bastante para mim... não ia me arriscar como o rei Lear! Bem, rapaz... sinto muito que você seja um idiota. Mas parece que conseguiu o que mais queria.

– Sim, senhor – disse Arnold mais uma vez. – Com certeza, e lhe agradeço muito, pai, por não ter tentado me fazer assumir os negócios.

O jovem John Blake, criado à imagem e semelhança do pai, tomou posse de seus valiosos bens e começou a usá-los da única maneira adequada: para que crescessem e se multiplicassem eternamente.

O velho John Blake, olhando com desprezo para o filho caçula, cuja perspicácia quase o compensara da amarga decepção de ter-se tornado pai de um poeta, partiu para uma temporada de descanso e mudança de ares.

– Vou ver o mundo! Nunca tive tempo para isso antes! – declarou ele, e seguiu para a Europa, Ásia e África.

Então Arnold Blake, com olhos de poeta, mas com a boca semelhante à do pai, retirou-se para a Colina.

Mas, na noite anterior à separação dos três, ele e o irmão haviam pedido Ella Sutherland em casamento. John, porque havia decidido que era o momento certo para se casar e aquela era a mulher certa; e Arnold, porque não pôde evitar.

John tomou a atitude primeiro. Ele gostava muito de Ella, muito mesmo, e os dois faziam amor ardentemente. Ter sido rejeitado foi uma surpresa dolorosa. Ele argumentou. Disse quanto a amava.

– Há outros – replicou a senhorita Ella.

Ele disse que era muito rico.

– Essa não é a questão – devolveu Ella.

Disse que seria ainda mais rico.

– Não estou à venda – retrucou Ella. – Nunca estarei.

Então ele ficou com raiva e criticou o seu julgamento.

– É uma pena, não é? – indagou ela. – É uma pena que eu tenha um péssimo julgamento... e que você tenha que respeitá-lo!

– Não vou aceitar sua decisão – disse John. – Você é apenas uma criança ainda. Em dois anos estará mais esperta. Então vou pedi-la em casamento de novo.

– Tudo bem – devolveu Ella. – Então vou lhe responder de novo.

John foi embora, zangado, mas determinado.

Arnold foi menos categórico.

– Não tenho o direito de dizer uma palavra – ele começou. Depois, praticamente, discursou sobre a beleza e a bondade dela, e sobre a afeição avassaladora que ele sentia.

– Está querendo me pedir em casamento? – perguntou ela, um tanto perplexa.

– Ora, sim... é claro! – respondeu ele. – Só... só que não tenho nada a oferecer.

– Tem você mesmo! – devolveu Ella.

– Mas é tão pouco! – disse Arnold. – Ah! Mas se você esperar por mim... vou trabalhar!

– Em que vai trabalhar? – perguntou Ella.

Arnold riu. Ella riu.

– Adoro acampar! – exclamou ela.

– Vai me esperar por um ano? – perguntou Arnold.

– Si... sim – respondeu Ella. – Vou esperar até dois... se for preciso. Mas não mais do que isso!

– E o que vai fazer então? – perguntou Arnold, todo lastimoso.

– Casar com você – respondeu Ella.

Assim, Arnold se foi para sua Colina.

O que era uma colina entre tantas? Lá surgiram ao seu redor verdes distantes, azuis mais distantes, púrpuras ainda mais distantes, rodopiando para longe, até os picos reais das montanhas Catskills. Aquela colina fora parte da terra do pai de sua mãe, uma área extensa, que se tornou deles após uma antiga concessão holandesa. Parecia um cabo formado por penhascos que descia até o vale sinuoso; vale que tinha sido um rio de verdade quando as montanhas Catskills eram montanhas de verdade. Ainda havia um pequeno rio lá, agitando-se na maior parte do ano em seu leito pedregoso e completamente revolto quando as enchentes da primavera surgiam.

Arnold não se importava muito com o rio – havia um riacho só para ele, um riacho perfeito, que começava de uma nascente transbordante e lhe rendia três cascatas e um lago em sua própria terra. Era um pequenino lago artesanal. Em um ponto o riacho corria através de uma depressão estreita, um valezinho muito pequeno; com poucas semanas de trabalho árduo, ele vedou a saída de escoamento e fez um lago adorável. Arnold fizera isso anos atrás, quando ainda era um garotão desajeitado em fase de desenvolvimento e costumava ir lá com a mãe no verão, enquanto o pai se metia no escritório e John frequentava o bar Harbor com os amigos. Arnold conseguia pegar no pesado mesmo sendo poeta.

Ele extraía rochas da colina, como todos faziam naquelas regiões; assim, construiu uma pequena casa sólida e a ampliou ano após ano; aquilo lhe trouxe uma alegria sem limites enquanto a querida mãe estava viva.

A casa ficava no topo, perto do lago cristalino formado pela água da nascente. Ele havia canalizado a água para dentro da casa – em favor do conforto da mãe. Fora construída sobre um terraço em nível, de frente para o sudoeste; e a cada temporada lá Arnold fazia mais para torná-la encantadora. Agora havia ali um relvado bem lisinho, com trepadeiras floridas e arbustos; ele colheu uma muda de cada planta selvagem daquela região que pudesse crescer e florescer por si só.

A querida mãe se deleitava com todas aquelas plantas e árvores; ela as estudava e fazia suas observações, enquanto ele aproveitava... e fazia poemas sobre elas. As castanheiras eram o orgulho dos dois. Na época de floração a colina se destacava entre todas as outras, como um grande pompom, e o odor não era, de forma alguma, agradável – a não ser para quem gostava daquilo, assim como eles.

A plantação de castanheiras era impressionante; e ao descobrir que não apenas os garotos da vizinhança, como também as expedições comerciais da cidade estavam praticando tiro com espingardas em seu jardim serrano, Arnold ficou enfurecido durante uma temporada e agiu na seguinte. Quando a primeira geada derrubou a enorme árvore de castanha portuguesa, ele estava a postos com um grupo de jovens fortes das fazendas vizinhas. Eles machadaram, chacoalharam e colheram sacos e mais sacos de castanhas lustrosas foram empilhados em carroças, e o proprietário enviou tudo ao mercado em vez de deixar para os predadores.

Então Arnold e a mãe fizeram grandes planos, o rapaz estava ansioso e cheio de ambição. Estudou silvicultura e arboricultura, e enxertou a enorme e corpulenta castanheira em sua viçosa reserva nativa, enquanto o pai o achincalhava e o censurava porque ele não queria trabalhar no escritório.

Agora ele estava sozinho com seus planos e esperanças. A querida mãe havia partido, mas a colina estava ali – e Ella poderia ir para lá algum dia; havia uma chance.

– O que acha disso? – perguntou a Patsy.

Patsy não era irlandês. Era italiano, da Toscana; fazendeiro e silvícola por nascimento e criação, soldado por imposição, cidadão americano por escolha.

– Bom – respondeu Patsy. – Bom. Muito bom. Está fazendo certo.

Eles percorreram o terreno juntos.

– Você conseguiria construir uma pequena casa aqui? – perguntou Arnold. – Conseguiria trazer sua esposa? Ela poderia cuidar da minha casa lá em cima? Poderiam criar umas galinhas e uma vaca e cultivar vegetais neste canteiro aqui... o bastante para todos nós? A casa e o terreno seriam seus... só não poderia vendê-los, exceto para mim.

Então Patsy agradeceu aos santos que havia muito tempo abandonara, trouxe a esposa e os filhos menores para o país, tirou a filha mais velha da fábrica de caixas e o filho mais velho da gráfica; e no final do verão eles estavam confortavelmente instalados e prontos para cuidar da plantação de castanhas.

Arnold trabalhou tão duro quanto seu homem. Contratou temporariamente outros italianos robustos, mecânicos experientes; e gastou sua pequena reserva de capital de uma maneira que teria feito seu pai praguejar e seu irmão zombar dele.

Ao fim do ano, não lhe restava muito dinheiro, mas tinha uma pequena usina elétrica perto da segunda cascata, com uma gráfica ao lado; e um moinho potente, cuja roda da turbina girava de modo grandioso com o fluxo incessante, perto da terceira. As mós custaram mais caro do que ele pensava, mas lá estavam elas, trazidas pelo rio Hudson à noite para que os vizinhos não rissem antes da hora. Acima do moinho havia grandes salas iluminadas, onde era agradável de trabalhar, com a sombra das poderosas árvores sobre o telhado e o som da água fluindo ao sol.

No verão seguinte aquele trabalho estava concluído e os trabalhadores temporários haviam partido. Foi quando, então, nosso poeta se revigorou com uma visita à sua Ella, passando algumas semanas relaxantes com ela em Gloucester, feliz e esperançoso, mas calado.

– Como está a plantação de castanheiras? – perguntou ela.

– Bem. Muito bem – respondeu ele. – Isso é o que Patsy diz... e Patsy sabe das coisas.

Ela continuou com as perguntas.

– Quem cozinha para você? Quem mantém seu acampamento em ordem? Quem lava suas roupas?

– A senhora Patsy – respondeu ele. – Ela é uma cozinheira de mão-cheia.

– E qual a perspectiva? – perguntou Ella.

Arnold virou-se preguiçosamente, estava deitado na areia aos pés dela, e lançou-lhe um olhar longo e desejoso.

– A expectativa... é divina – respondeu ele.

Ella corou e riu, dizendo-lhe que era um tolo, mas ele continuou encarando-a. Não falava muito com ela, no entanto.

– Não, querida – disse-lhe, quando ela insistiu em saber mais. – É um assunto muito sério. Se eu falhar...

– Não vai falhar! – protestou ela. – Não pode falhar! E se falhar... ora... como eu disse antes, gosto de acampar!

Mas, quando ele tentou tirar alguma vantagem natural da amizade dela, ela o provocou dizendo que estava ficando parecido com o pai! E os dois riram.

Arnold voltou e começou a trabalhar. Comprou estoques de papel para cartão, papel comum, tinta para impressoras e uma pequena máquina dobradeira. Assim equipado, ele se retirou para seu refúgio e deixou a jovem Caterlina de olhos escuros trabalhando em sua pequena fábrica de caixas, enquanto o esperto Giuseppe operava a prensa e Mafalda cuidava da montagem. As caixas, quando empilhadas, não ocupam muito espaço, mesmo aos milhares.

Então Arnold passou um tempo à toa, deliberadamente.

– Por que o senhor Blake não está mais trabalhando? – perguntou a senhora Patsy ao marido.

– Ah, ele trabalha... trabalha muito – respondeu Patsy. – Vocês, mulheres... não entendem de trabalho!

A senhora Patsy balançou a cabeça e retrucou em italiano fluente – por isso o marido preferia uma ocupação ao ar livre – que Arnold Blake, na verdade, não parecia estar fazendo muito naquele verão. Ele vagava sob as enormes árvores, contemplando-as com grande amor; vagava solitário ao redor da cascata mais elevada, com os olhos exultantes de um sonhador; vagava ao redor do pequeno lago azul – com o semblante a flutuar pelo céu, despreocupado e feliz como uma criança. E rascunhava muito – a qualquer momento que lhe desse um ataque súbito, porque essa era sua única fraqueza enquanto poeta.

No final de setembro, Arnold convidou um velho amigo da faculdade para visitá-lo; ele trabalhava em um jornal, no departamento de publicidade. Os dois pareciam ter bons momentos juntos. Pescavam e caminhavam e escalavam, conversavam muito; e à noite ouviam-se suas gargalhadas crepitantes ao redor do fogo sob a nogueira.

– Você tem algum dinheiro sobrando? – indagou o amigo.

– Cerca de mil… – respondeu Arnold. – E isso tem que durar até a próxima primavera, sabe.

– Invista tudo… invista cada centavo. Vai compensar. De alguma forma, vai conseguir sobreviver ao inverno. E transporte?

– Tenho uma boa carretinha elétrica, leve e forte. Desce carregada colina abaixo até a preamar, e lá está o velho barco a motor para levar as castanhas à cidade. E na volta traz suprimentos.

– Ótimo! É simplesmente ótimo! Agora, separe o bastante para se alimentar até a primavera e me dê o restante. Mande tudo, tudo o que tiver para mim! E, assim que tiver um centavo além do valor das despesas, mande para mim também… Vou cuidar da publicidade!

Foi o que fez. Tinha apenas oitocentos dólares para começar. Quando os primeiros lucros surgiram, ele os usou com sabedoria; e, conforme os lucros aumentavam, ele continuava investindo na publicidade. Arnold começou a ficar ansioso para guardar dinheiro, mas o amigo retrucou:

– Você garante o produto… eu garanto o mercado!

E foi o que fez.

Começou no metrô de Nova Iorque – aquele lugar de angústia, onde visão, audição, olfato e autoestima são violados, e até mesmo uma propaganda é um alívio.

"Castanha", disse a primeira centena de dólares durante uma semana, escrito em um grande espaço em branco. "Montanha", disse a segunda centena. "Castanha da Montanha Aperitivos", disse a terceira.

A quarta foi mais explícita:

Quando estiver enjoado de cereal
Experimente um novo sabor sem igual...
Castanha da Montanha Aperitivos.

A quinta:

Pergunte ao seu quitandeiro
Se a Castanha da Montanha tem sabor verdadeiro.
Amostras grátis.

A sexta:

Um paradoxo! Surpreendente e verdadeiro!
Feito das castanhas de um fazendeiro!
Castanha da Montanha Aperitivos.

E a sétima:

Salomão disse que sob o sol não nascia,
Nada novo que lhe apetecia...
A Castanha da Montanha ele ainda não conhecia!.

Setecentos dólares foram empregados nesse único método; enquanto isso, jovens prestimosos faziam os preparativos e saíam de automóvel deixando panfletos e amostras com os quitandeiros. Qualquer pessoa poderia pegar amostras grátis, e todo mundo gostava de castanhas. Não eram a coroa da luxúria no recheio do peru? A joia da confeitaria no marrom-glacê? O lucro certo do comerciante de esquina com seu fogãozinho a carvão, mesmo quando estão meio queimadas e frias? Não as adoramos, assadas ou cozidas... mesmo sendo difíceis de descascar?

O único segredo de Arnold era seu processo; mas sua vantagem permanente residia na excelente qualidade das castanhas e no cuidado primoroso da manufatura. Em caixas elegantes, bem-feitas e fáceis de abrir (fáceis de fechar também, para não ficarem abertas e juntar poeira), ele colocou no mercado uma espécie de mingau, castanhas com casca e sem casca, torradas e trituradas, mais grossas e mais finas. Eram gostosas? Em pé, já se comia meio pacote, só para experimentar. Depois, sentava-se e saboreava a outra metade.

Ele fez embalagens de bolso, com castanhas inteiras, homem astuto! E, sem demora, elas se tornaram "O Aperitivo do Homem de Negócios". Um punhado de castanhas assadas – sem bagunça nem sujeira! E quando eram cozidas – bem, todos nós sabemos como são gostosas as castanhas cozidas. Quanto às refeições, surgiram uma nova variedade de mingaus, docinhos, bolinhos e panquecas que fizeram com que os velhos gastrônomos se sentissem jovens outra vez diante do prazer de saborear algo novo, e deram aos Estados Unidos um novo patamar aos olhos da França.

Os pedidos entraram e a poesia fluiu. O mercado para um novo alimento é tão amplo quanto o mundo; e Jim Chamberlain estava louco para conquistá-lo, mas Arnold lhe explicou que sua produção total era de apenas alguns alqueires por ano.

– Besteira! – disse Jim. – Você é um... um... bem, um *poeta!* Vamos! Use a imaginação! Olhe para essas colinas ao seu redor... nelas podem-se cultivar castanhas até o horizonte! Veja esse vale, aquele rio barulhento, um monte de moinhos poderia funcionar ali! Pode sustentar muitas pessoas... uma vila inteira... não há limites. Escute o que digo!

– E onde ficariam minha privacidade e a beleza do lugar? – perguntou Arnold. – Amo esta ilha verde de castanheiras, e o vale vazio e sinuoso, apenas manchado por algumas fazendas. Odiaria sustentar uma vila!

– Mas pode se tornar um Milionário! – devolveu Jim.

– Não quero ser um Milionário – respondeu Arnold, com alegria.

Jim o fitou, abrindo e fechando a boca, em silêncio.

– Seu... maldito... *poeta!* – explodiu ele, por fim.

– Não posso evitar – disse Arnold.

– Acho melhor perguntar à senhorita Sutherland – sugeriu o amigo secamente.

– Com certeza! Tinha me esquecido disso... vou falar com ela – respondeu o poeta.

Então ele a convidou para visitá-lo na Colina, foi buscá-la na estação de trem com a carreta elétrica macia, rápida, silenciosa e sem cheiro, e segurou sua mão em silêncio jubiloso enquanto subiam a estrada do vale. Passaram mais devagar pela sinuosa via ladeada pelos arcos verdes dos galhos das castanheiras.

Arnold lhe mostrou a pequena campina com a enseada onde ficava o moinho, ao lado da volumosa cachoeira de baixo; as amplas e iluminadas salas de empacotamento acima, onde os atarefados rapazes e moças italianos conversavam alegremente enquanto trabalhavam. Mostrou-lhe a segunda cascata, com a pequena usina elétrica murmurante logo abaixo; uma construção de pedra azul, coberta de trepadeiras, adorável, um pequenino templo para a flor de Deus.

– A usina nos permite fazer as impressões – disse Arnold –, ainda nos fornece luz, aquecimento e telefones. E abastece os carros.

Depois mostrou a extensão sombreada do lago, tranquilo, estrelado por lírios, à sombra dos ramos arqueados de bordos d'água, que enobreciam os enormes penhascos coroados de flores.

Enquanto subiam, serpenteando a coroa da colina para que ela visse a esplêndida extensão da vista panorâmica, a estrada oscilou um pouco para o lado do penhasco, perto da área verde antes da casa, e ela agarrou a mão dele com mais força.

Ella sobressaltou de alegria. Acinzentada, rústica e harmoniosa, adornada com videiras virgens e parreiras, com uma varanda larga e janelas amplas, de frente para o sol poente. Ela ficou contemplando, contemplando, desde os quilômetros verdes de colinas em declive até os distantes picos azuis e ondulados que flutuavam na luz suave.

– Aí está a casa – disse Arnold –, mobiliada. Há um cômodo com uma bela vista... para você, querida. Eu mesmo a construí. Lá estão a colina... e o pequeno lago e uma cascata, tudo para nós! Tem a nascente, o jardim e alguns italianos muito simpáticos. A Castanha da Montanha vai render... cerca de três ou quatro mil dólares ao ano... livre de *todas* as despesas!

– Que esplêndido! – exclamou Ella. – Mas há uma coisa que você não mencionou!

– O quê? – perguntou ele, um tanto desconcertado.

– *Você!* Arnold Blake! Meu Poeta!

– Ah, quase me esqueci – acrescentou ele, depois de um longo momento de silêncio. – Preciso lhe perguntar uma coisa primeiro. Jim Chamberlain diz que posso cobrir todas essas colinas com castanheiras, encher esse vale de gente, construir uma fileira de moinhos ao longo daquele pequeno rio, servir café da manhã para o mundo todo... e me tornar um Milionário. Acha que devo?

– Pelo amor de Deus... *Não!* – exclamou Ella. – Milionário, sério? E estragar a vida mais perfeita que já vi ou de que ouvi falar!

Então houve um intervalo de êxtase, de fato, longo o bastante para durar indefinidamente.

Mas de um prazer eles não desfrutaram. Nunca chegaram a ver o rosto surpreso, muito menos a reação exasperada, do velho John Blake ao retornar da viagem de dois anos. O pior de tudo é que ele havia comido as castanhas durante todo o caminho para casa, e gostou! Disseram-lhe que era Mingau de Castanha – mas o nome não significava nada para ele. Logo passou a se deparar com os anúncios tilintantes em todas as revistas; que impregnavam em sua mente e o irritavam.

Se o cereal não está mais legal,
Se o mingau de aveia não lhe anseia,
Se o mingau de trigo já é um castigo
E todos eles você odeia...

– E todos eles eu odeio! – concordou o velho, e pegou um jornal, apenas para ler:

Das exuberantes castanheiras
Um fruto melhor que de plantas rasteiras.
Vigorosa, pura e adocicada
A Castanha da Montanha
É muito apreciada.

– Ora essa! – exclamou o senhor Blake, e abriu outro jornal, que lhe mostrou:

É bom para toda a família,
Faz bem comer todo dia,
E até para o papai resmungão...
É uma boa refeição.

E ele era resmungão. Mas não se deu conta da verdade até que se deparou com este:

Ao redor da minha cabana
Cultivei a plantação de castanha
Achei que o aperitivo
Além de nutritivo
E muito saboroso
Seria pra lá de delicioso.

Eu tinha uma Colina
Nela construí uma pequena Usina.
Com inteligência e boa companhia
Encontrei a energia
Para cuidar, com imensa alegria,
Da terra que me acolhia.

Para florescer as castanheiras
E com o fruto descer as ladeiras
Estava eu cismado.
Queria usar não apenas a razão,
Mas também o coração
E assim não acabar alienado!

As castanhas são abundantes
Mas as despesas do carvão... exorbitantes!
Tinha de tudo para trabalhar
Mas ainda me faltaria
A fonte de energia
Para as castanhas triturar.

Qual força das montanhas
Poderia me ajudar?
Descobri que as três cascatas
Compunham as sonatas
Para as castanhas,
Com presteza, triturar!.

Peter Poeticus

"Seu maldito atrevido", ele escreveu ao filho. "E maldita seja sua estupidez poética por não fazer disso um Grande Negócio, agora que já começou! Mas entendo que está ganhando a vida, e sou grato por isso."

Arnold e Ella, na rede, contemplando o pôr do sol juntos, riram baixinho e seguiram a vida.

Uma coincidência

"Ah! Foi uma feliz coincidência, não? Tudo funciona em sinergia para o bem daqueles que amam o Senhor, sabe, e Emma Ordway é a cristã mais impressionante que já conheci. Naquele outono, parecia mesmo que não haveria escapatória, mas às vezes as coisas simplesmente acontecem.

Certa tarde, passei para tomar uma xícara de chá com Emma, na esperança de que Mirabella Vlack não estivesse lá; mas ela estava, é claro, e devorando tudo à sua frente. Nunca houve uma mulher assim para doces e todos os outros tipos de gulodices. Lembro-me dela na escola, com aqueles enormes olhos inocentes e aquela boca grande, comendo os petiscos mais saborosos da Emma, já naquela época.

Emma adora doces, mas adora mais seus amigos e nunca pega nada para si, a menos que haja mais do que o suficiente para todo mundo. Há uns trinta anos, é apaixonada por um docinho especial de chocolate que eu faço, e adoro fazer esse doce para ela de vez em quando, mas desde que Mirabella chegou... eu poderia muito bem ter feito para ela também, desde o início.

Tive a ideia de levar o doce em caixinhas separadas, uma para cada, mas foi um Deus nos acuda! Mirabella guardou o dela no quarto e comeu o de Emma!

– Nossa, deixei meu doce lá em cima! – dissera ela. – Vou lá buscar!

Mas é claro que Emma jamais ouvira falar de tal coisa. Santa Emma!

Amo aquela mulher desde que era menina, apesar de seu altruísmo sobrenatural. E sempre odiei aquelas irmãs Vlack, as duas, principalmente Mirabella. Pelo menos, acho que sim quando estou com ela. Quanto à Arabella, não tenho tanta certeza. Ela se casou com um homem chamado Sibthorpe, riquíssimo.

Naquela tarde as duas estavam lá, refiro-me às irmãs Vlack, e como sempre estavam em desacordo. Arabella era esbelta, rija e rigorosamente bem-vestida; ela pretendia conquistar seu lugar no mundo e, de forma geral, conseguiu. Mirabella era tosca e molenga. Por causa dos problemas digestivos, seu rosto vivia inchado e com aspecto enrugado, e sua pele tinha uma cor doentia. Ela era do tipo que se parecia com um estofamento acolchoado, enquanto a constituição física de Arabella era evidente.

– Você não parece bem, Mirabella – disse ela.

– Estou bem – respondeu a irmã. – Muito bem, com certeza.

Na época, Mirabella era simpatizante do Movimento do Novo Pensamento. Já havia passado por médicos de diversas especialidades, continuava se consultando com eles apenas enquanto não cobrassem muito e a deixassem comer o que bem quisesse; e isso acabava exigindo mudanças frequentes.

A senhora Montrose sorriu com diplomacia, observando:

– Que conforto são essas novas crenças maravilhosas!

Era uma das velhas amigas de Emma, que vinha insistindo para que ela passasse o inverno na Califórnia com seu grupo. A senhora Montrose discorreu sobre a beleza celestial e o encanto da região até quase me dar água na boca. E Emma!... adorava viajar mais do que qualquer outra coisa, e a Califórnia era um dos poucos lugares que ainda não tinha visitado.

Então a tal Vlack começou a se exibir.

– Por que não vai, Emma? – perguntou ela. – Eu não posso viajar mesmo.

Jamais admitiria que foi propositalmente deixada de fora.

– Mas nem por isso você deve perder uma oportunidade tão maravilhosa – continuou ela. – Posso cuidar da casa durante sua ausência.

Emma já havia se submetido a esse arranjo uma vez. Todos os seus antigos criados foram embora e ela precisou voltar no meio da viagem para pôr a administração da casa nos eixos.

Assim era Mirabella, parecia ser santa e agradável. E Emma – eu queria ter-lhe dado um chacoalhão –, Emma sorriu com elegância para a senhora Montrose e agradeceu com cordialidade, dizendo que adoraria viajar, mais do que qualquer outra coisa, mas que havia muitos motivos pelos quais não podia deixar a casa naquele inverno. Mas nós duas sabíamos que havia apenas um motivo: aquela coisa enorme de anágua, sentada ali, devorando tudo.

Uma ou duas outras velhas amigas apareceram, mas não ficaram muito; ninguém ficava muito, e quase nenhum homem aparecia agora. Enquanto eu estava ali sentada, tomando um chá branco, ouvi aquelas pessoas perguntando a Emma por que ela não fazia mais isso e por que ela não fazia mais aquilo; e Emma, tão digna e gentil como sempre, contando todos os tipos de lorotas para se explicar e recusar um convite. Ninguém é perfeito, e ninguém poderia ser tão bondoso, simpático e amado por todos como Emma seria se dissesse sempre a pura verdade.

Naquele dia, levei minha última protegida comigo, a doutora Lucy Barnes, uma baixinha excêntrica, que tinha muito mais conhecimento profissional do que sua aparência sugeria. Também era uma criaturinha muito sábia. Eu estudava química com ela, apenas por diversão. Nunca sabemos quando vamos querer aprender coisas novas.

Foi bom ver a doutora Lucy apontar o dedo em riste à fraqueza de Mirabella.

Lá aquela grande insana se sentou e discorreu sobre os sintomas que costumava ter e que teria agora se não fosse pela "ciência"; e lá me sentei e observei Emma, e afirmo que ela visivelmente parecia envelhecer diante dos meus olhos.

Deveria eu ficar quieta e deixar uma das mulheres mais agradáveis sobre a face da Terra ser levada para o túmulo por aquele… Pesadelo? Mesmo que não fosse minha amiga, mesmo que não fosse tão boa para o mundo, teria sido uma cafajestada. Como se fosse um ultraje clamado aos céus… e ninguém podia fazer nada.

Lá estava Emma, viúva, e em sua própria casa. Ninguém podia reprimi-la assim. E, no que dizia respeito ao dinheiro, ela tinha condições, e ninguém podia interferir dessa forma. Havia sido tão feliz! Superou o fato de ter ficado viúva – quero dizer, acostumou-se com isso, e estava se restabelecendo. Todos os filhos estavam casados e muito felizes, exceto o mais jovem, que não estava tão feliz assim, mas tudo ficaria bem com o tempo. Emma começara a aproveitar a vida de verdade. Tinha boa saúde, cuidava muitíssimo bem da aparência, e todos os interesses vívidos na mocidade afloraram outra vez. Começara a estudar, frequentar palestras e ciclos de palestras, viajar todos os anos para um novo lugar, ver os velhos amigos e fazer novas amizades. Jamais gostou de cuidar da casa, mas Emma era tão estupidamente altruísta que nunca se permitiu a nada enquanto ainda houvesse alguém lá por quem renunciar.

Então surgiu Mirabella Vlack.

Um dia Mirabella lhe fizera uma visita, ao menos apareceu com aquele ar de santa paciência, e com a triste história de sua solidão e infelicidade, dizendo que não suportava depender de Arabella – como Arabella era insensível! –, e a desavisada Emma acabou por convidá-la para passar um tempo com ela.

Isso foi há cinco anos. Cinco anos! E lá estava ela, devorando tudo, dezoito quilos mais gorda e com sua alma benevolente, enquanto Emma envelhecia.

É claro que todos nós protestamos... mas já era tarde demais.

Emma tinha o direito de receber quem quisesse – mas ninguém jamais imaginou que a coisa fosse permanente, e ninguém poderia quebrar aquela parede adiamantada de virtude cristã atrás da qual ela sofria, sem nem reconhecer que sofria.

Era um problema.

Mas adoro problemas, problemas humanos, mais até do que problemas de química. São muito fascinantes.

Primeiro, testei Arabella. Disse-me que lamentava que a coitadinha da Mirabella não estivesse em seus braços amorosos. Veja bem, Mirabella tentou ficar com ela, por cerca de um ano após a morte do marido, e acabou preferindo o acolhimento de Emma.

– Não me parece nada certo – disse Arabella. – Aqui estou, sozinha, nestes enormes cômodos, e lá está minha única irmã preferindo viver com alguém praticamente estranho! Seu dever é viver comigo, para que eu possa tomar conta dela.

Não havia muito progresso ali. Mirabella não queria ser cuidada por uma irmã mais velha que a criticava o tempo todo – não enquanto Emma estivesse ao alcance. Compensava bem mais também. Ela usava o dinheiro do seguro para comprar roupas, e ainda conseguia economizar uma boa quantia, já que não pagava pelas despesas de subsistência. Contanto que preferisse morar com Emma Ordway, e Emma permitisse – o que alguém poderia fazer?

Passava de meados de novembro, o tempo se mostrava péssimo.

Emma estava com uma tosse que persistia semana após semana, não conseguia se recompor e pôr para fora, e Mirabella afirmava o tempo todo que ela não estava com tosse alguma!

Certas coisas começaram a fazer muito sentido para mim.

A primeira era o dever de uma irmã, de duas irmãs. A segunda era a necessidade de mudança de ares para minha querida Emma.

A terceira era o campo de possibilidades humanas, sempre aberto, que eu vinha estudando com cada vez mais alegria.

Costumava levar duas caixas do meu delicioso docinho para aquelas senhoras regularmente, uma branca simples para Emma, uma bem colorida para aquele Pesadelo.

– Tem certeza de que vai lhe fazer bem? – perguntei a Mirabella. – Adoro fazer esse doce e adoro quando ele é apreciado, mas o seu médico acha que isso lhe faz bem?

Forte em sua crença mais recente, ela orgulhosamente declarou que podia comer qualquer coisa. Podia mesmo… era visível. Então, naquele momento, ela me surpreendeu e comeu um monte, só para demonstrar imunidade – sem contar a caixa que levei para Emma.

No entanto, apesar de toda a exibição, ela parecia ter ficado um pouco… indisposta… digamos assim… e a pobre Emma quase sucumbiu em lágrimas tentando agradar-lhe na questão da alimentação.

Então passei a levá-las para passear de carro, e a visitar Arabella com muita frequência. Não tinham como evitar quando eu estacionava e saltava do carro, sabe?

– É a irmã da senhora Sibthorpe – dizia eu sempre ao mordomo ou à empregada, e ela sempre agia como se a casa fosse dela, isto é, se Arabella não estivesse lá.

Depois, tive uma boa conversa com o velho médico de Emma, e ele deu um belo susto nela.

– Você devia fechar sua casa – disse ele – e passar o inverno em um lugar de clima ameno. Precisa de repouso absoluto e mudar de ares por um longo período, pelo menos um ano.

Insisti para que ela fosse à Califórnia.

– Faça essa mudança de ares – implorei. – A senhora Sibthorpe está totalmente disposta a cuidar de Mirabella... Ela vai ficar muito bem lá, e você precisa mesmo de um descanso.

Emma deu aquele sorriso de santa e disse:

– É claro, se Mirabella fosse para a casa da irmã por um tempo, eu poderia viajar. Mas não posso pedir que ela vá.

Eu podia. E pedi. Coloquei todas as cartas na mesa: falei do estado de saúde de Emma, de sua necessidade urgente de se abster das tarefas domésticas e que Arabella a estava esperando ir para lá. Mas de que adianta falar com gente desse tipo? Emma não estava doente, não poderia estar doente, ninguém poderia. Naquele exato momento ela fez uma pausa repentina, colocou a mão gorda na lateral da barriga gorda, com uma expressão que certamente parecia ser de dor; mas logo mudou de semblante, fez uma cara de crente, elevada e determinada, e pareceu se sentir melhor. Mas aquilo a deixou zangada, quase tanto quanto sempre ficava. Ela teria sido grosseira, penso, mas gostava do meu automóvel, sem falar do docinho.

Naquela mesma tarde levei as duas para dar uma volta, e a doutora Lucy foi conosco.

Emma, tolinha, insistiu em sentar-se ao lado do motorista, e Mirabella foi logo para seu canto preferido. Acomodei a doutora Lucy no meio, e incentivei Mirabella a cometer seu perjúrio favorito: discutir sobre seus sintomas – sintomas que costumava ter – ou que teria agora, se por acaso desse lugar ao "erro".

A doutora Lucy foi genialmente solidária. Não demonstrou nenhuma pretensão de aceitar o novo ponto de vista, mas foi muitíssimo respeitosa sobre o assunto.

– A julgar pelo que me diz – afirmou ela –, e do meu próprio ponto de vista, devo dizer que teve um problema digestivo muito sério. Sentiu bastante dor na época e ainda sente. E estava prestes a ter um ataque súbito, possivelmente bem sério. Mas isso tudo é bobagem para você, ao que me parece.

– Claro que é! – devolveu Mirabella, perdendo um pouco a cor.

Deslizávamos suavemente pela avenida onde Arabella morava.

–Tome aqui algo para animá-la – disse eu.

Peguei duas caixas de docinhos. Passei uma para a frente e entreguei a Emma, assim ela não poderia compartilhar conosco. A outra, dei para Mirabella.

Ela devorou tudo de uma vez. Por mera formalidade, ofereceu um pouco para a doutora Lucy, que não aceitou, e para mim. Peguei um por educação e guardei no bolso, com indiferença.

Estávamos prestes a chegar ao portão da senhora Sibthorpe quando Mirabella se rendeu.

– Ah, que dor terrível! – exclamou ela. – Oh, doutora Lucy! O que devo fazer?

– Devemos levá-la ao seu terapeuta? – sugeri, mas Mirabella estava se sentindo muito mal, decerto.

– Acho melhor eu entrar logo – respondeu, e em cinco minutos tivemos de colocá-la na cama, no quarto que costumava ser dela.

A doutora Lucy parecia avessa a prescrever qualquer coisa.

– Não tenho o direito de interferir na sua crença, senhora Vlack – disse ela. – Tenho medicamentos que poderiam aliviar sua dor, mas não acredita neles. Acho que deveria chamar seu… benzedeiro, agora mesmo.

– Oh, doutora Lucy! – suspirou a pobre Mirabella, com o aspecto de um menino diante de um pomar do verão. – Não me abandone! Faça alguma coisa, rápido!

– Vai fazer exatamente o que eu disser?

– Sim, sim! Eu vou. Vou fazer *qualquer coisa!* – respondeu Mirabella, encolhendo-se em um montinho tão pequeno quanto possível para suas proporções.

Assim, a doutora Lucy assumiu o caso. Ficamos na grande sala de estar vazia, esperando que ela descesse para nos contar o que havia de errado. Emma parecia muito ansiosa, mas Emma é uma santa sobrenatural.

Arabella chegou e fez um grande alvoroço.

– Que sorte ela estar perto da minha porta! – exclamou ela. – Ah, minha pobre irmã! Estou tão feliz por ter uma médica de verdade!

A médica de verdade desceu as escadas depois de um tempo.

– Ela está praticamente sem dor agora – disse ela –, e tranquila, descansando. Mas está muito debilitada, e não deve sair daqui durante um bom tempo.

– Mirabella não vai sair daqui! – devolveu Arabella com fervor. – Minha própria irmã! Estou tão grata por ter-me procurado na hora da necessidade!

Puxei Emma para um canto.

– Vamos buscar a senhora Montrose – disse eu. – Ela está cansada de fazer malas… tomar um ar vai fazer bem a ela.

Emma ficou feliz em partir. Nós nos acomodamos com conforto no grande assento e aproveitamos bem o percurso. A senhora Montrose nos convidou para entrar e jantar com ela. Emma comeu melhor do que a vi comendo em meses e, antes de voltarmos para casa, ficou decidido que ela viajaria com a senhora Montrose na terça-feira.

Querida Emma! Parecia uma criança de tão feliz. Corri com ela para fazer umas compras.

– Não se incomode com nada – eu lhe disse. – Pode comprar o que precisa enquanto estiver fora. Talvez vá para o Japão com James na próxima primavera.

– Se vendêssemos a casa eu iria – afirmou Emma.

Ela se encheu de energia e vida. Parecia anos mais jovens. Recomeçou como se fosse uma garotinha com muita esperança e entusiasmo.

Soltei um longo suspiro de alívio.

O senhor MacAvelly tinha interesse em imóveis.

A casa foi vendida antes que Mirabella saísse da cama.

O bangalô

– Por que não? – perguntou o senhor Mathews. – É muito pequeno para uma casa, muito bonito para uma cabana, muito... incomum... para um chalé.

– É um bangalô, sem dúvida – afirmou Lois, sentando-se em uma cadeira no terraço. – Mas é maior do que parece, senhor Mathews. O que acha, Malda?

Fiquei deslumbrada com aquele lugar. Para lá de deslumbrada. Ali, a minúscula concha de madeira fresca sem pintura se revelava debaixo das árvores, era a única casa à vista, exceto pelos distantes pontinhos brancos das fazendas ao longe, e o vilarejo errante no vale ribeirinho. Ficava em um terreno relvado – nada de estradas, nem mesmo trilhas por perto, e o escuro bosque sombreava as janelas dos fundos.

– E a pensão? – perguntou Lois.

– Fica a menos de dois minutos a pé – assegurou o senhor Mathews, e mostrou-nos a trilhazinha discreta entre as árvores que levava até o local onde as refeições eram servidas.

Discutimos e analisamos tudo, Lois segurando a saia ponjê junto de si – não precisava ter sido tão cuidadosa, não havia sequer um grão de poeira lá –, e logo anunciamos a decisão de ficar com o chalé.

Nunca conheci a verdadeira alegria e a paz de viver antes daquele verão abençoado na "Suprema Corte". Era uma região montanhosa, de fácil acesso, mas curiosamente extensa, silenciosa e distante quando se estava lá.

A alma do negócio era uma mulher excêntrica chamada Caswell, uma espécie de entusiasta musical, que tinha uma escola de verão e dava aulas de música e de outras "coisas supremas". Pessoas maliciosas, que não conseguiam arranjar acomodação ali, chamavam o local de "Suprema C."

Eu gostava muito da música e guardava meus pensamentos só para mim mesma, tanto os bons quanto os ruins, mas amava "O Bangalô" incondicionalmente. Era tão pequeno, novo e limpo, exalava o aroma das tábuas recém-aplainadas – nem sequer estavam manchadas.

Havia um cômodo grande e dois menores naquele lugarzinho, embora fosse inacreditável ao olhar pelo lado de fora, parecia tão pequeno; mas, apesar de ser pequeno, abrigava um milagre – um banheiro de verdade com água encanada das nascentes da montanha. Nossas janelas se abriam para a sombra verde, o castanho suave, o tranquilo bosque estrelado de flores e habitado por pássaros. Mas, à frente, tínhamos a vista de condados inteiros – depois de um rio muito distante em outro Estado. Ao ar livre, nas alturas, ao longe... era como se sentar no telhado de um edifício, um edifício enorme.

A relva subia até a soleira da porta e pelas paredes – mas não era apenas relva, é claro, era uma procissão de flores como nunca imaginei ser possível desabrochar em um só lugar.

Era preciso percorrer um longo caminho através da campina, por meio de uma raia estreita, levemente marcada na relva, para chegar à estrada que levava até a cidade lá embaixo. Mas no bosque havia uma pequena trilha, nítida e ampla, pela qual chegávamos à pensão.

Comíamos ao som de supremos músicos pensativos, e supremos pensadores musicais, que viviam naquela pensão central da redondeza. Não a chamavam de pensão, já que não era um nome supremo nem tampouco musical; chamavam-na de "Sapatinho-de-vênus"[21]. Havia muito dessa planta

---

[21] Sapatinho-de-vênus (também calceolária) é um arbusto ou erva de uso ornamental ou mesmo medicinal. É comum do México à América do Sul. (N.R.)

crescendo por ali, e eu não me importava em como chamavam o lugar, desde que a comida fosse boa... que era, e os preços razoáveis... que também eram.

As pessoas eram extremamente interessantes – algumas, pelo menos –, e todas eram melhores do que a maioria dos hóspedes de verão.

Mas, ainda que não houvesse ninguém interessante, não importava, contanto que Ford Mathews estivesse lá. Ele era jornalista, ou melhor, ex-jornalista, estava começando a escrever para revistas, e logo escreveria livros.

Tinha amigos em Suprema Corte – ele gostava da música, do lugar, e de nós. Lois gostava dele também, o que era bastante natural. Eu, com certeza, gostava.

Ele costumava aparecer à noite e se sentar no terraço para conversar.

Vinha também durante o dia e fazia longas caminhadas conosco. Montou seu ateliê em uma pequena gruta, muito encantadora, não muito longe de nós – a região era repleta de elevações rochosas e depressões –, e às vezes nos convidava para um chá da tarde feito na fogueira.

Lois tinha bem mais idade do que eu, mas não era nem um pouco velha, mesmo assim já fazia dez anos que não aparentava seus 35. Nunca a culpei por não tocar no assunto, eu mesma não teria feito isso, de forma alguma. Contudo sentia que juntas formávamos um lar seguro e aceitável. Ela tocava piano lindamente e havia um na nossa sala. Havia pianos em vários outros pequenos bangalôs na redondeza – mas distantes demais para ouvir qualquer repercussão do som. Quando o vento estava na direção favorável, ouvíamos pequenas lufadas de música de vez em quando; mesmo assim, o lugar era tranquilo, felizmente tranquilo, na maior parte do tempo. No entanto aquela "Sapatinho-de-vênus" estava a apenas dois minutos dali – e com capas de chuva e galochas, nunca nos importamos em caminhar até lá.

Víamos Ford com frequência e acabei me interessando por ele, não consegui evitar. Ele era grande. Não grande em peso e altura, mas era um homem com grande perspectiva e garra – com propósito e determinação de verdade. Faria grandes coisas. Pensei que já estava fazendo algo grandioso agora, mas não – como ele disse, estava construindo os degraus na parede de gelo. Tinha que ser feito, mas a estrada à frente era muito longa. Ele também se interessou pelos meus trabalhos, o que é bem incomum para um literato.

O que eu fazia não era nada demais. Bordava e desenhava moldes.

É um ofício tão bonito! Gosto de desenhar flores e folhas e coisas sobre mim; torná-las convencionais às vezes, e às vezes retratá-las exatamente como são, em pontos de seda suaves.

Tudo ali tinha a ver com as pequenas coisas adoráveis de que eu precisava; e não apenas isso, mas também as coisas grandes e adoráveis que fazem com que alguém se sinta muito forte e capaz de fazer um belo trabalho.

Ali estava a amiga com quem eu vivia tão feliz, e toda aquela terra encantada de sol e sombras, a imensidão livre do nosso horizonte e o conforto gracioso do Bangalô. Nunca precisávamos pensar em coisas comuns até que a emoção da suave musicalidade do gongo japonês se esgueirava por entre as árvores, e saímos correndo para a "Sapatinho-de-vênus".

Acho que Lois soube antes de mim.

Éramos velhas amigas e confiávamos uma na outra, e ela tinha experiência também.

– Malda – disse ela –, vamos encarar os fatos e ser racionais.

Era estranho Lois conseguir ser tão racional e, ao mesmo tempo, tão musical – mas ela era, e essa era uma das razões pelas quais eu gostava tanto daquela mulher.

– Está começando a se apaixonar por Ford Mathews… sabia disso?

Respondi que sim, achava que sim.

– Ele ama você?

Isso eu não poderia afirmar.

– Ainda é cedo para dizer – respondi a ela. – Ele é homem, acho que tem seus 30 anos, já viu muitas coisas na vida e provavelmente já se apaixonou antes… Pode ser que não sinta nada além de simpatia por mim.

– Acha que seria um bom casamento? – perguntou ela.

Conversamos muitas vezes sobre amor e casamento, e Lois me ajudou a formar minhas opiniões – as dela eram muito claras e fortes.

– Ora, sim… se ele me amar – respondi. – Já me contou um pouco sobre sua família, bons fazendeiros do Ocidente, americanos de verdade.

É forte e... bem, dá para ver através de seus olhos e suas palavras que leva uma vida honesta.

Os olhos de Ford eram transparentes como os de uma garotinha, as nuances do branco eram nítidas. Os olhos da maioria dos homens, quando observados de forma crítica, não são assim. Podem ter olhares bem expressivos, mas quando se observa esses olhares, apenas como um atributo, não são muito agradáveis.

Eu gostava da sua aparência, mas gostava mais do seu interior.

Então disse a ela que, até onde eu sabia, seria um bom casamento – se chegasse a ser um.

– Quanto você o ama? – perguntou ela.

Não saberia dizer – era bastante –, mas não achava que morreria se o perdesse.

– Você o ama a ponto de fazer algo para conquistá-lo... de realmente se esforçar um pouco para esse propósito?

– Ora... sim... acho que sim. Se fosse algo que eu aprovasse. O que quer dizer com isso?

Então Lois revelou seu plano. Na juventude, ela fora casada – e infeliz no casamento. Mas isso tudo eram águas passadas agora. Havia me contado fazia muito tempo; disse que não se arrependia do sofrimento e da perda, pois ganhara muita experiência. Tinha seu nome de solteira de volta – e liberdade. Gostava tanto de mim que queria me proporcionar o benefício de sua experiência – sem o sofrimento.

– Os homens gostam de música – disse Lois. – Gostam de conversas sensatas, gostam de beleza, é claro, e de todas essas coisas...

– Então devem gostar de você! – interrompi. Na verdade, gostavam dela. Eu conhecia vários que queriam se casar com ela, mas Lois dizia que "um casamento já bastava". Se bem que não acho que seriam "bons maridos".

– Não seja tola, menina – disse Lois. – Isso é sério. No fim das contas, o que mais importa para os homens é a vida doméstica. É claro que vão se apaixonar por qualquer coisa, mas o que querem mesmo é casar com uma dona de casa. Agora estamos aqui, vivendo neste paraíso, bastante propício para o amor, mas sem a tentação do casamento. Se fosse você...

se amasse esse homem de verdade e desejasse me casar com ele, faria deste lugar aqui um lar.

– Fazer deste lugar um lar?... Ora, *já é* um lar. Nunca fui tão feliz em nenhum outro lugar na minha vida. Que diabos você quer dizer, Lois?

– Acredito que uma pessoa pode ser feliz em um balão – respondeu ela –, mas isso não faz do balão um lar. Ele vem aqui e fica conversando conosco, é um lugar tranquilo, feminino, convidativo... de repente ouvimos aquele enorme gongo soar na "Sapatinho-de-vênus", e lá vamos nós, disparamos para o meio daquele bosque úmido... e todo o encanto é quebrado. Agora, você sabe cozinhar.

Eu sabia cozinhar. Sabia cozinhar muitíssimo bem. Minha estimada mãezinha havia me ensinado rigorosamente todos os afazeres do que hoje chamamos de "ciência doméstica"; e eu não tinha nada contra o trabalho, exceto que ele me impedia de fazer qualquer outra coisa. E as mãos de quem cozinha e lava louça não são muito delicadas – preciso ter mãos delicadas para bordar. Mas se fosse para agradar a Ford Mathews...

Lois continuou, com tranquilidade.

– A senhorita Caswell providenciaria uma cozinha para nós em minutos, ela disse que faria isso, sabe, quando decidimos ficar com o chalé. Muitas pessoas cozinham por aqui... também podemos, se quisermos.

– Mas não queremos – devolvi. – Nunca quisemos. A beleza do lugar está em nunca ter preocupações com a governança da casa. Mesmo assim, como você diz, seria aconchegante em uma noite chuvosa, poderíamos preparar deliciosas ceias, e convidá-lo para ficar...

– Ele me disse que não sabe o que é um lar desde os 18 anos – disse Lois.

Foi assim que instalamos uma cozinha no Bangalô. Os homens a ergueram em poucos dias, era apenas um alpendre com uma janela, uma pia e duas portas. Eu cozinhava. Tínhamos coisas boas por aqui, não há como negar: em especial, leite fresco e vegetais; frutas eram difíceis de encontrar na região, assim como a carne. De qualquer forma, administrávamos tudo muito bem; quanto menos se tem, melhor se administra – é preciso tempo e inteligência, só isso.

Lois gosta de fazer serviços domésticos, mas isso acaba com suas mãos e ela não consegue tocar; e eu estava perfeitamente disposta a fazer – era tudo pelo interesse do meu próprio coração. Decerto Ford apreciava aquilo. Aparecia quase sempre, e saboreava tudo com inegável prazer. Portanto, eu estava feliz, embora houvesse uma grande interferência no meu trabalho. Sempre trabalho melhor pela manhã; mas é claro que o serviço doméstico tem que ser feito pela manhã também; e é impressionante o volume de trabalho que há em uma cozinha tão pequena! É só entrar nela por um minuto, e logo se vê uma coisa aqui e outra ali, e mais e mais afazeres. Então, o minuto se torna uma hora antes mesmo que se perceba.

Assim que estava prestes a me sentar, o frescor da manhã havia desaparecido de algum modo. Antes, quando acordava, só havia o cheiro de madeira limpa da casa, e o abençoado horizonte lá fora: agora, sempre ouvia o chamado da cozinha assim que despertava. Um fogão a óleo cheira um pouco, tanto dentro quanto fora de casa; e o sabão, e... bem, sabe como o ambiente se transforma quando se cozinha em um quarto? Nossa casa era apenas um quarto e uma sala de estar antes.

Assávamos pães também – os do padeiro eram bem ruinzinhos, e Ford gostava do meu pão integral, do semi-integral, e em especial dos pãezinhos quentes e dos bolinhos. Foi um prazer cozinhar para ele, mas isso trouxe agitação à casa, e a mim. Nunca conseguia trabalhar muito – com os meus bordados – nos dias em que cozinhava. Assim que começava a trabalhar, pessoas chegavam com entregas: leite ou carne ou vegetais, ou crianças com frutas vermelhas; e o que mais me angustiava eram as marcas de roda na campina. Logo fizeram uma estrada e tanto ali – precisavam, é claro, mas eu odiava. Perdi aquela agradável sensação de estar à beira do penhasco contemplando o vale – éramos apenas mais um grão de areia no deserto, como qualquer outra casa. Mas era bem verdade que eu amava aquele homem e faria mais do que isso para agradar-lhe. Também não podíamos sair à vontade para passear como antes; quando é preciso cozinhar e receber entregas, alguém tem que estar presente. Às vezes Lois ficava em casa, ela sempre se oferecia para ficar, mas quase sempre era eu. Não poderia deixá-la perder o verão por minha causa. E decerto Ford gostava daquilo.

Ele aparecia com tanta frequência que Lois achou por bem termos uma pessoa mais velha conosco; disse que sua mãe poderia vir se eu quisesse, e que poderia ajudar com o serviço, é claro. Parecia razoável, então ela veio. Eu não gostava muito da mãe de Lois, a senhora Fowler, mas ter o senhor Mathews comendo mais em nossa casa do que na "Sapatinho-de-vênus" parecia chamar muita atenção.

Havia outras pessoas, é claro, muitas pessoas nos visitavam, mas eu não incentivava muito isso, dava bem mais trabalho. Vinham para jantar, e depois aproveitávamos as noites com música. Ofereciam-se para me ajudar a lavar a louça, algumas delas, mas uma mão nova na cozinha não ajuda muito, eu preferia fazer tudo sozinha; assim, sabia onde estavam as coisas.

Ford parecia nunca querer secar a louça; embora muitas vezes eu desejasse que ele o fizesse.

Então a senhora Fowler veio. Ela e Lois dividiam o quarto, era preciso – e ela realmente fazia grande parte do serviço, era uma senhora muito prática.

Logo a casa começou a ficar barulhenta. Imagino que se ouve mais outra pessoa na cozinha do que a si mesmo – e as paredes não passavam de tábuas. Ela também varria com mais frequência do que nós. Não acho que seja preciso varrer muito um lugar limpo como aquele. E tirava pó o tempo todo, o que sei que era desnecessário. Eu ainda cozinhava na maioria das vezes, mas conseguia sair mais para desenhar, ao ar livre, e para caminhar. Ford ia e vinha o tempo todo, e parecia-me que estava realmente se aproximando. O que era um verão de recesso do trabalho, de barulho, sujeira, odor e constante reflexão sobre o que comer no dia seguinte, em comparação a uma vida inteira de amor? Além do mais – se nos casássemos –, eu teria que fazer isso sempre, e o jeito era ir me acostumando.

Lois também me deixava alegre, contando coisas boas que Ford tinha dito sobre meus pratos.

– Ele aprecia muito sua comida – contou-me.

Um dia, ele apareceu cedo e me convidou para subir até o pico de Hugh com ele. Foi uma trilha adorável e levou o dia todo. Eu hesitei um pouco, era segunda-feira, a senhora Fowler achou que sairia mais em conta ter uma mulher para fazer a limpeza, e contratamos uma, mas decerto acabou dando mais trabalho.

– Não se preocupe – disse ele. – O que é um dia de lavar ou passar roupas ou de qualquer uma dessas velhas bobagens para nós? Hoje é dia de caminhada... é isso mesmo.

O dia estava simplesmente radiante, muito agradável, fresco e arejado – havia chovido durante a noite.

– Vamos lá! – disse ele. – Podemos ver até a montanha Patch, tenho certeza. Nunca haverá um dia melhor.

– Alguém mais vai? – perguntei.

– Nem uma alma. Apenas nós. Vamos!

Aceitei com muita alegria, apenas sugeri:

– Espere, vou preparar um lanche.

– Vou esperar só o tempo suficiente para que vista uma saia curta – disse ele. – O lanche já está nesta cesta aqui. Sei quanto tempo leva para vocês, mulheres, "aprontarem" sanduíches e coisas assim.

Partimos em dez minutos, ligeiros e felizes, e o dia foi tudo o que poderia desejar. Ele levou um lanche delicioso também, e tinha feito tudo sozinho. Confesso que, para mim, estava mais saboroso do que minha própria comida; mas talvez fosse por causa da escalada.

Ao final da descida, paramos na nascente de uma grande rocha para lanchar outra vez, e fizemos chá do jeito que ele gostava, ao ar livre. Vimos o sol brilhante se pondo em uma ponta do mundo, e a lua brilhante nascendo na outra; resplandecendo calmamente, de pouco em pouco.

Então ele me pediu em casamento!

Ficamos muito felizes.

– Mas há uma condição! – disse ele de uma vez, sentando-se direito e parecendo implacável. – Você não vai cozinhar!

– Quê! – exclamei. – Não vou cozinhar?

– Não – disse ele –, vai desistir disso... para o meu bem.

Eu o encarei, sem palavras.

– Sim, já sei de tudo – continuou ele – A Lois me contou. Venho conversando muito com ela... desde que começou a cozinhar. E já que eu falava sobre você, naturalmente aprendi muito. Ela me contou como foi criada e como seus instintos domésticos eram fortes. Mas bendita seja a sua alma de artista, querida menina, você tem outros talentos!

Então ele deu um sorriso um pouco estranho e murmurou:

– Pois debalde se estende a rede à vista de qualquer ave[22]. Observei-a durante todo o verão, querida. Isso não condiz com você. É claro que seus pratos são muito saborosos, mas a minha comida também é! Sou bom na cozinha. Meu pai foi cozinheiro, durante anos... tinha uma bela remuneração. Estou acostumado a cozinhar, sabe? Quando estava na pior, passei um verão cozinhando para me sustentar, e economizei em vez de morrer de fome.

– Ah! – exclamei. – Isso explica o chá... e os sanduíches!

– E muitas outras coisas – disse ele. – Mas você não fez nem metade do seu adorável trabalho desde que começou com esse negócio de cozinhar, e... vai me perdoar, querida, não tem sido tão bom assim. Seu trabalho é bom demais para ser perdido; é uma arte linda e distinta, e não quero que a abandone. O que pensaria de mim se eu abandonasse os longos anos como escritor para realizar a simples tarefa de um cozinheiro bem pago!

Eu ainda estava feliz demais para pensar com clareza. Apenas me sentei e olhei para ele.

– Mas quer se casar comigo? – perguntei.

– Quero me casar com você, Malda... porque a amo... porque é jovem, forte e bonita... porque é doce e natural... perfumada... enigmática, como as flores selvagens que ama. Porque é uma artista de verdade do seu jeito especial, vê a beleza e a compartilha com os outros. Amo você por tudo isso, porque é sensata, generosa e amigável... e apesar de sua comida!

– Mas... como quer viver?

– Como vivíamos aqui... no início – respondeu ele. – Havia paz, um silêncio agradável. Havia beleza... nada além de beleza. Havia os aromas da madeira fresca, as flores, as fragrâncias e o doce vento selvagem. E havia você... com sua beleza própria, sempre vestida delicadamente, com dedos clarinhos e firmes, seguros no toque de um trabalho delicado e genuíno. Eu

[22] Provérbios 1:17. (N.T.)

amava você na época. Quando começou a cozinhar, fiquei desconcertado. Já fui cozinheiro, como lhe disse, e sei bem o que é isso. Eu odiei isso... ver minha flor do campo na cozinha. Mas Lois me contou como você foi criada e que adorava aquilo... e disse a mim mesmo: "Amo essa mulher. Vou esperar para ver se a amo até mesmo como cozinheira". E amo, querida! Retiro minha condição. Vou amá-la para sempre, mesmo que insista em ser minha cozinheira pelo resto da vida!

– Ah, não insisto não! – exclamei. – Não quero cozinhar, quero desenhar! Mas pensei... Lois disse... Nossa, como ela o entendeu mal!

– Nem sempre é verdade, minha querida – devolveu ele –, que se conquista o coração de um homem pelo estômago; não é a única forma de se fazer isso, pelo menos. Lois não sabe de tudo, ela ainda é jovem! E talvez, pelo meu bem, você possa desistir disso. Poderia desistir, meu amor?

O quê? Se eu poderia desistir? Já existiu um homem como esse?

O senhor Robert Grey

Pensei que soubesse o que era dificuldade quando Jimmy foi embora. Já era bem ruim quando ele trabalhava como atendente em Barstow e eu só o via uma vez por semana, mas agora ele havia partido para o mar.

Disse que nunca ganharia muito como atendente, e também odiava aquele trabalho. Economizou cada centavo que podia de seu salário e comprou uma parte do Mary Jenks, e eu não voltaria a vê-lo antes de um ano, talvez – talvez mais. Ele era caçador de focas.

Ah, querido! Teria me casado com ele exatamente como era. Mas ele disse que não poderia me sustentar ainda, e que se desse sorte ganharia quatrocentos por cento do valor de suas economias naquela viagem. Fizera tudo por mim. Meu bendito Jimmy!

Não haviam se passado nem quinze dias desde que partiu quando, de forma muito rápida, "uma sucessão de tragédias impiedosas" se abateu sobre nossa infeliz cabeça. Primeiro, meu pai quebrou o braço. Precisávamos pagar o médico, além de toda aquela coisa de tala e gesso, e é claro que eu tinha que fazer a ordenha e todo o trabalho. Não me importava nem um pouco. Na época não tínhamos nenhum cavalo para cuidar, e Rosy, nossa vaca, era muito boazinha: dócil como um gatinho e de respiração suave como a de um bebê. Mas aquilo atrasou todo o trabalho agrícola, é claro; não podíamos contratar ajuda, e não havia comida suficiente para dividirmos. Mamãe estava muito infeliz, e não era de admirar.

Então Rosy foi roubada! Isso pareceu ser a gota d'água. Enquanto Rosy estava lá e eu podia ordenhá-la, não íamos morrer de fome.

Pobre papai! Lá ele ficava sentado, com aquele braço engessado na tipoia... o outro parecia desalentado e sem forças, a cabeça ficava inclinada sobre o peito, a mão pendurada, e os dedos fortes e ativos agora descerrados.

– Vou dar uma olhada – disse ele, levantando-se. – Onde está meu chapéu?

– Não adianta olhar, pai – afirmei. – O cabresto sumiu, há grandes pegadas acompanhando as marcas dos cascos até a estrada, depois um lugar bastante batido no chão, os vestígios das rodas da carroça e os rastros graciosos da Rosy nítidos atrás deles. Está claro que foi roubada.

Ele se sentou outra vez e gemeu.

– Pensei ter ouvido uma carroça no meio da noite – disse mamãe, sem vigor. Seu rosto estava enrubescido e o olhar distante. – Não consigo dormir muito, sabe? Deveria ter-lhe avisado, mas você precisa descansar.

Corri até ela e a beijei.

– Ah, querida mãe! Não se preocupe com isso, por favor! Vamos encontrar a Rosy. Vou pedir à senhora Clark que telefone para a polícia agora mesmo.

– Telefonar para quê? – perguntou o pai. – Não adianta telefonar. Foram aqueles ciganos. Chegaram à cidade horas atrás... e a essa altura a Rosy já virou bife.

Ele apertou a mandíbula; mas havia lágrimas nos olhos também. Eu mesma estava um tanto distraída.

– Se ao menos Jimmy estivesse aqui – falei –, ele a encontraria!

– Não duvido que ele tentasse – devolveu o pai –, mas é tarde demais.

Corri até a senhora Clark, telefonamos para a polícia em Barstow e, como era de esperar, encontraram o couro e os chifres! Isso não nos servia de nada. Prenderam alguns ciganos, mas não conseguiram provas; trancafiaram um deles por vadiagem – o que não nos servia de nada também. E, mesmo que tivessem conseguido provas e os condenado, isso não teria trazido Rosy de volta – ou nos dado outra vaca.

Então minha mãe adoeceu. Foi muito desanimador, mais do que qualquer outra coisa, penso, e ela sentia falta do leite da Rosy – o que era praticamente metade de tudo que ingeria. Depois que ficou doente, passou a sentir mais falta dele, havia pouquíssimas coisas que podia comer – e muitas delas eu não conseguia comprar.

Ah, como Jimmy me fazia falta! Se estivesse aqui, teria me ajudado a *ver além* disso tudo. "Claro!", teria dito ele. "São tempos difíceis agora, menina. Mas, graças a Deus, um braço quebrado é apenas passageiro; seu pai logo vai se recuperar. E sua mãe vai ficar bem; ela é uma mulher forte. Nunca vi uma mulher forte assim na idade dela. E quanto à comida... apenas diga que não é do 'tipo' que toma café da manhã, e acredite que jejuar faz bem para a saúde!"

É assim que Jimmy encarava as coisas, então tentei dizer tudo isso a mim mesma e manter meu ânimo – e o dos meus pais. Mas Jimmy estava no mar.

Bem, papai não conseguia trabalhar, tinha que ser o braço direito, é claro. E mamãe também não conseguia trabalhar; estava simplesmente incapacitada e deprimida, quanto mais se preocupava, mais doente ficava, e quanto mais doente ficava, mais se preocupava. Santa paciência! Como trabalhei! Sem tempo para ler, nem para estudar, nem para costurar qualquer uma das lindas peças brancas que estava fazendo aos poucos. Levantava-me pouco antes do amanhecer; ajeitava a casa o máximo que podia e preparava o café da manhã como dava. Meu pai, de certa forma, conseguia se vestir, e sentava-se com mamãe enquanto eu trabalhava na horta. Comecei a horta apenas como experiência, um dia depois que ele quebrou o braço. O gasto foi de apenas trinta centavos com as sementes de alface e rabanete, mas aquilo dava muito trabalho.

Enfim, eu tinha minha mãe para cuidar e meu pai para animar (o que era o mais difícil de tudo), além do almoço e do jantar para preparar sem praticamente nenhum recurso.

O médico não nos pressionou, mas papai odeia dívidas assim como odeia veneno, e mamãe é preocupada por natureza.

– Ela está se matando de preocupação – disse o médico, que parecia não ter antídoto para aquilo.

Então, como se tudo isso não bastasse, o senhor Robert Grey se aproveitou dos nossos infortúnios e começou a me galantear.

Jamais gostei daquele velho, desde que era pequena. Ele estava sempre me pegando e me beijando, embora eu não quisesse nem um pouco. Quando fiquei mais velha, ele beliscava minhas bochechas e me oferecia um níquel se eu lhe desse um beijo.

Minha mãe gostava dele, pois era um homem importante na igreja, e tinha alma caridosa. Meu pai gostava dele por ser bem-sucedido - sempre admirou homens bem-sucedidos -, e o senhor Grey ganhava dinheiro de forma honesta também, dizia papai. Era uma velha alma gentil. Ele se ofereceu para me mandar à faculdade, e fiquei terrivelmente tentada; mas meu pai não suportava um compromisso financeiro - e eu não suportava o senhor Grey.

Havia também o Robert Grey Junior, que era para lá de desagradável; um sujeito jovem, magro, cheio de espinhas e beato, com uma turma de meninas na escola dominical. Era mais do que repugnante, mas o senhor Robert Grey era pior. Ele meio que cambaleava e arrastava os pés enquanto caminhava; e, gentil ou não, eu não o suportava. Mas agora vinha nos visitar o tempo todo.

O senhor Grey trazia coisas gostosas para mamãe comer - não se pode recusar regalos para os enfermos. Eram quitutes tremendamente gostosos; seu cozinheiro era de primeira. Trazia tanta coisa que havia o bastante para meu pai também. Tínhamos que comer para economizar, sabe - mas eu odiava cada bocado. Em geral eu vivia de nossas batatas - bastante escassas em junho - e não havia leite para acompanhá-las.

Ele aparecia todos os dias, trazia uma cesta de quitutes para minha mãe e conversava um pouco com ela - que gostava daquilo; depois se sentava e conversava com meu pai - que também gostava; então vinha se socializar comigo - e eu tinha que ser civilizada com ele! Mas não gostava nem um pouco. Não suportava o velho com bigode fino e grisalho, olhos acinzentados lacrimejantes e boca grande, rosada - da cor de uma malva-rosa envelhecida.

Mas ele continuou aparecendo, e todos conseguiam ver suas intenções. Ah, pobre de mim! Como desejei ter Jimmy comigo. Meu alto, forte e vibrante noivo, com aquela gargalhada alegre e os palavrões engraçados que inventava! Eu assistia ao noticiário marítimo e ficava na expectativa, esperançosa; ele poderia voltar a qualquer momento agora, se tivessem sorte. Mas ele não voltava. O senhor Robert Grey estava lá todos os dias – e Jimmy não voltava.

Tentei não chorar. Precisava de toda a minha força e coragem para me manter firme por meus pais, e sempre tentava me lembrar do que Jimmy diria; como teria enfrentado isso tudo. "Não se deixe abater por *nada*", costumava dizer. "Tudo passa... dê tempo ao tempo. Não se desespere! Não dê a mínima!"[23] (As pessoas sempre olhavam surpresas quando Jimmy dizia isso!) "Apenas aguente firme e faça a coisa certa. Você não é responsável pelo sofrimento dos outros. Mantenha-se em seu próprio propósito."

Jimmy era extraordinário! Costumava ler para mim sobre um velho filósofo chamado Eurípides, e comecei a admirá-lo também. Mas sempre que os jornais ficavam cheios de "Tempestades no mar", "Clima terrível no Norte", "Vendavais", "Ventos fortes", "Embarcações desaparecidas", parecia que eu não ia aguentar.

Até que, por fim, a notícia chegou, por meio de uma lista terrível de naufrágios. O Mary Jenks – desaparecido, com todos a bordo.

De que adiantava viver? O que ainda me importava nesta vida? Por que eu não morria? Por que eu não morria de uma vez?

Mas não morri. Minha saúde estava tão boa como sempre; eu conseguia até dormir – quando não estava chorando. Ao que parece, trabalhar duro fora de casa e não comer muito faz com que alguém durma, com ou sem vontade. E tive que continuar trabalhando; minha alface estava crescendo, e crescendo muito bem, fileiras e mais fileiras, exatamente como a havia plantado, com dois dias de intervalo. Experimentamos os rabanetes, que já estavam no ponto.

No entanto, sem misericórdia, meu pai desdenhou da minha pequena horta.

---

[23] No original, *"don't give a jam"*. O trocadilho com o nome *Jimmy* explica a frase seguinte. O trocadilho provavelmente surgiu a partir do termo "jim-jam" ou "knick-knack", e evoluiu para *"give sb the jimjams"*, e posteriormente para *"don't give a jam"*. (N.T)

– Nossa! Isso vai nos fazer tão bem, menina! – disse ele. – Ora, Jenny! Pode fazer bem mais do que isso para sua pobre mãe! Sei que se sente péssima, e normalmente eu não diria uma palavra, mas... sabe como é.

Sabia muito bem como era, mas me parecia horrível demais pensar nisso. Forçar aquele velho filantropo cambaleante para dentro do meu infeliz coração que sangrava! Não conseguiria suportar tal coisa.

Minha mãe nunca disse uma palavra. Mas me lançava olhares. Ficava lá, com seus grandes olhos vazios me seguindo pela sala; e quando eu ia fazer qualquer coisa para ela, lançava-me aquele olhar! Era mais eficaz do que todas as palavras do meu pai. Ele já havia se decidido, e me pressionava o tempo todo.

– O jeito é encarar os fatos, Jenny – disse ele. – James Young se foi, e sinto muito. É claro que está com o coração partido. Mas mesmo que tivesse ficado viúva, eu diria isso. Lá está um homem que tem sido bom para você desde que era criança. Vai ser bem tratada, vai ter um lar, vai ter um sustento quando ele morrer. Sei que não o ama. Não espero isso. O senhor Grey também não. Ele me disse. Não espera milagres. E aqui estamos nós, vivendo basicamente da comida dele! É... é *terrível* para mim, Jennie! Mas não tinha como recusar, pelo bem da sua mãe. Agora, se pude engolir meu orgulho pelo bem dela, será que não pode engolir sua dor? Não pode trazer os mortos de volta.

– Ah, pai, não! – exclamei. – Como pode falar assim! Ah, Jimmy! Jimmy! Se estivesse aqui!

– Ele não está aqui... nunca vai estar! – disse o pai com firmeza. – Mas sua mãe está aqui, e doente. O senhor Grey quer colocá-la em um sanatório... na "condição de amigo". Não posso deixar que faça isso... custaria centenas de dólares. Mas... como genro, sim.

Minha mãe não disse nada – querida mãe. Mas me lançou um olhar.

Fizeram com que me sentisse uma selvagem entre eles; pelo menos meu pai, sim. Ele não parava de falar.

– O senhor Grey é um homem bom – continuou ele. – Um homem excepcionalmente bom. Se fosse má pessoa, eu nunca diria uma palavra.

– Era quando jovem, a velha senhorita Green diz – devolvi.

– Que vergonha de você, Jennie – disse o pai –, por dar ouvidos a essas fofocas tão caluniosas! Mas que… que falta de modos! Arrisco dizer que ele foi um pouco rebelde… há quarenta anos. A maioria dos jovens é. E ele era rico e bem aparentado. Mas tem sido uma bênção para esta comunidade há quarenta anos… Um bom marido… um bom pai.

– Como a esposa dele morreu? – perguntei, de repente.

– Durante uma operação. Mas ele fez de tudo por ela. Garantiu que tivesse os melhores médicos e enfermeiras. Ficou praticamente inválida, imagino, depois que Robert Junior nasceu.

– Ele não é grande coisa! – devolvi.

– Não, tem sido uma grande decepção para o pai… a grande decepção de sua vida, com certeza. Mas o senhor Grey gostava muito da esposa… E Robert Junior não vai incomodar você, Jenny; o pai vai mandá-lo para a Europa por um bom tempo… para cuidar da saúde. Agora, filha, tudo isso são águas passadas. Ele é um homem bom e gentil que a ama profundamente e quer se casar logo. Se fizer isso, pode salvar a vida da sua mãe… e me colocar em pé de novo para viver o que me resta. Nunca disse uma palavra enquanto estava noiva de Jimmy Young, mas agora é uma simples obrigação.

Naquela noite, ele apareceu como de costume. Durante a tarde, havia mandado o carro para levar minha mãe dar uma volta. Aquilo lhe fez muito bem. Quando o senhor Grey chegou, meu pai saiu e sentou-se com ela, deixando-me a sós com ele – que me pediu em casamento.

Disse-me tudo o que faria por mim – por minha mãe –, por meu pai. Falou que, de qualquer forma, não deveria viver muito, e logo eu poderia ser a senhora de mim mesma, com muito dinheiro. Não consegui dizer uma palavra; nem sim, nem não.

Fiquei lá, brincando com a borda do candeeiro – e pensando em Jimmy.

Então o senhor Robert Grey cometeu um erro. Pegou minha mão e a segurou. Aproximou-se e pegou-me nos braços – e beijou minha boca.

Eu me debati – ele quase caiu.

– Não! OH, NÃO! – eu gritei. – Não posso fazer isso, senhor Grey. Eu simplesmente *não posso!*

Ele ficou da cor das cinzas.

– Por que não? – perguntou-me.

– Porque não é decente – respondi, com firmeza. – Não suporto que me toque... nunca suportei. Posso ser sua criada, trabalhar para você, cuidar de você, mas ser sua esposa... Sinto muito, senhor Grey, mas não posso fazer isso!

Corri escada acima e desatei a chorar; tinha motivos para chorar, pois meu pai se tornou uma nuvem negra depois disso, e minha mãe piorou; e nenhum dos dois aceitaria mais as gentilezas do senhor Grey.

A alface e os rabanetes nos mantiveram vivos até que as batatas amadurecessem. Eu vendia tudo fresquinho todos os dias. Caminhava quase cinco quilômetros com uma grande cesta cheia até um dos hotéis de verão todas as manhãs. Era muito pesada, especialmente quando chovia. Isso não dava muito dinheiro, mas nos sustentava – um dólar por dia, às vezes mais.

Meu pai melhorou com o tempo, é claro, e começou a trabalhar na fazenda, apesar de meio desanimado. Mas minha mãe estava pior, na verdade. Nunca me culpou – nunca disse uma palavra; mas seus olhos eram uma reprovação viva.

– Mãe, querida – implorei –, perdoe-me, por favor! Vou trabalhar por você até não aguentar mais. Vou renunciar a tudo. Vou fazer qualquer coisa que seja decente e honesta. Mas casar com um homem que não se ama não é honesto; e casar com um velho inválido como aquele... não é decente.

Ela apenas suspirou – não disse nada.

– Ânimo, mãe, por favor! O papai está quase recuperado. Vamos sobreviver a este ano, de alguma forma. No ano que vem, com certeza, posso ganhar o bastante para comprar uma vaca.

Mas nem um mês depois disso eu estava na penumbra, sentada na pedra em frente à porta – pensando em Jimmy, é claro – e... lá *estava* Jimmy. Pensei que era seu espírito; mas, se fosse, seria um espírito de sangue muito quente.

Já o velho senhor Robert Grey acabou persuadindo a jovem Grace Salters a se casar com ele; uma moça bela, tola, gordinha; e, acredite se quiser, ela morreu em menos de um ano – ela e seu bebê.

Bem. Se em algum momento alguém estava feliz, esse alguém era eu.

Não feliz por ela ter morrido, pobre menina; mas feliz por não ter me casado com ele, mas sim com Jimmy.

Os meninos e a manteiga

Os jovens Holdfast e J. Edwards Fernald sentaram-se cabisbaixos à mesa do pai, sendo vistos mas não ouvidos, e comeram o que lhes fora posto, não fizeram perguntas pelo bem dos bons costumes, já que haviam sido criados dessa maneira. Mas no coração deles havia sentimentos nada cristãos em relação a uma respeitável hóspede, a tia de sua mãe, de nome senhorita Jane McCoy.

Com a observação aguçada da infância, sabiam que era apenas o senso de hospitalidade, e de dever para com um parente, que faziam com que o pai e a mãe fossem educados com ela – educados, mas não cordiais.

O senhor Fernald, como um cristão professo, fazia o possível para amar a tia da esposa, que, sendo uma "inimiga", chegou tão perto quanto qualquer outra pessoa que conhecia. Mas Mahala, sua esposa, era de natureza menos religiosa e não dissimulava nada além de uma cortesia decorosa.

– Não gosto dela e não vou fingir; não é honrado! – protestou ela ao marido, quando ele se queixou de sua falta de afeição natural. – É minha tia e não posso fazer nada... não recebemos nenhuma ordem para venerar nossas tias e tios, Jonathan.

A honestidade da senhora Fernald era de uma dureza de ferro e de um exemplo heroico. Teria morrido em vez de ter mentido, e classificava como mentira qualquer forma de evasão, fraude, hipocrisia ou mesmo descomedimento artístico.

Seus dois filhos, criados com severidade, encontraram liberdade para a imaginação apenas nas conversas secretas entre si, protegidas pelo sagrado pacto de fidelidade mútua, que era mais forte do que qualquer coação externa. Enquanto resistiam àquela visita, chutavam um ao outro por debaixo da mesa, trocavam olhares sombrios sobre o objeto de antipatia em comum e discutiam as peculiaridades individuais dela com comentários ácidos mais tarde, quando deveriam estar dormindo.

A senhorita McCoy não era uma mulher agradável. Era corpulenta, e devorava sua comida, selecionando cuidadosamente a melhor parte. Suas roupas eram enfeitadas, mas não bonitas e, ao olhar de perto, despertava-se a suspeita de um atraso nas contas da lavanderia.

Entre as muitas causas da antipatia pela tia, a senhora Fernald acalentava este ponto em especial: em uma das visitas indesejáveis, ela se dera ao trabalho de carregar água quente até lá em cima para o banho de sábado à noite, o que era tudo que a consciência da Nova Inglaterra da época exigia, e a velha senhora a repreendeu, não apenas uma, mas duas vezes.

– Pelo amor de Deus, tia Jane! Nunca mais vai tomar banho?

– Bobagem! – respondeu a visitante. – Não acredito em toda essa molhaceira e respingos. A Escritura diz: "Quem já se banhou precisa apenas lavar os pés; todo o seu corpo está limpo"[24].

A senhorita McCoy tinha inúmeras teorias sobre a conduta de outras pessoas, geralmente sustentadas por textos bem escolhidos, que usava como argumento sem levar em conta os sentimentos de ninguém. Nem mesmo a autoridade dos pais a abalava.

Bebericando o chá derramado no pires em meio a profundas inalações, ela fixou os olhos proeminentes nos dois meninos enquanto se esforçavam para comer todo o pão com manteiga. Nada deve ser deixado no prato, de acordo com as regras de etiqueta à mesa da época. A refeição era simples ao extremo. Uma fazenda em Nova Hampshire oferecia poucos luxos, e ela já havia esgotado os potes de compota de marmelo.

[24] João 13:10. (N.T.)

– Mahala – disse ela com determinação solene –, esses meninos comem muita manteiga.

O sangue subiu à cabeça da senhora Fernald.

– Acho que sou eu quem deve julgar o que meus filhos comem na minha mesa, tia Jane – respondeu ela, sem muita gentileza.

Naquele momento, o senhor Fernald interveio com uma "resposta branda"[25]. (Ele nunca havia perdido a fé na eficácia desses controladores de raiva, mesmo tendo falhado repetidas vezes ao longo do tempo. Na verdade, uma resposta branda, em especial uma resposta intencionalmente branda, com o temperamento de sua esposa, tornava-se um novo aborrecimento.)

– O missionário elogiou nossa manteiga; disse que nunca encontrou manteiga na China, ou onde quer que esteja morando.

– Ele é um homem de Deus – proclamou a senhorita McCoy. – Se há alguém na face desta Terra miserável que merece adoração, é um missionário. O que enfrentam em favor do Evangelho é uma lição para todos nós. Quando for levada, pretendo deixar tudo o que tenho para a Sociedade Missionária. Sabem disso.

Eles sabiam e não disseram nada. A paciência que tinham com ela não era de forma alguma mercenária.

– Mas estou falando das crianças – continuou ela, não permitindo que fosse desviada de seu cruel propósito. – Crianças não devem comer manteiga.

– Parecem crescer bem com isso – devolveu a senhora Fernald, com aspereza. E de fato os dois meninos eram pequenos espécimes robustos da humanidade, apesar da comida sem luxo.

– Faz mal para eles. Provoca erupções repentinas. É ruim para o sangue. E a abnegação faz bem para as crianças. "É bom para o homem suportar o jugo desde sua juventude"[26].

A juventude em questão besuntou o pão com mais manteiga ainda, e comeu com satisfação, sem dizer nada.

---

[25] Esta expressão faz referência ao versículo "Uma resposta branda aplaca o furor, uma palavra ríspida desperta a cólera", em Provérbios 15:1. (N.T.)

[26] Lamentações 3:27. (N.T.)

– Bem, meninos! – atacou ela de repente. – Se ficarem sem manteiga por um ano... um ano inteiro, até que eu retorne... vou dar cinquenta dólares para cada um!

Aquela era uma proposta impressionante.

Manteiga era manteiga – talvez o único conforto no cardápio seco e sem graça, que se resumia basicamente a pão. Pão sem manteiga! Pão integral sem manteiga! Nada de manteiga nas batatas! Nada de manteiga em outra coisa! A jovem imaginação vacilou. E aquela privação imensurável se estenderia por um ano inteiro. Representaria um nono e um onze avos do tempo vivido por cada um deles, nessa ordem. Cerca de um quinto de tudo o que conseguiam se lembrar de fato. Dias incontáveis, cada um com três refeições; semanas, meses, o amplo horizonte seco e sem manteiga se estendia diante deles como o exílio siberiano para um prisioneiro russo.

Mas, do outro lado, havia os cinquenta dólares[27]. Cinquenta dólares comprariam um cavalo, uma arma, ferramentas, facas – uma fazenda, talvez. Poderiam ser guardados no banco e usados pelo resto da vida, sem dúvida. Na época, cinquenta dólares equivaliam a quinhentos hoje, e para uma criança era uma fortuna.

Até a mãe hesitou em seu ressentimento ao considerar os cinquenta dólares, o pai não se abalou, mas pensou que seria uma dádiva de Deus.

– Deixem que decidam – disse a senhorita McCoy.

A austeridade é a reputação do *Granite State*[28]. A abnegação é a essência de sua religião; e a economia, para usar um nome favorável, é para eles a primeira lei da Natureza.

A luta foi breve. Holdfast pôs de lado sua fatia de pão besuntada de manteiga. J. Edwards fez o mesmo.

– Sim, senhora – concordou um após o outro. – Obrigado, senhora. Vamos fazer isso.

Fora um longo ano. O leite não a substituía. Caldo de carne e banha, que a mãe usava à vontade, não a substituía, nem as raras porções de compotas. Nada compensava a falta dela. E se a saúde dos dois melhorava com a

[27] Em valores de hoje, cinquenta dólares seriam cerca de R$ 8.400,00. (N.R.)

[28] O Estado americano Nova Hampshire também é conhecido como *Granite State* [Estado do granito] pelas extensas formações rochosas e a intensa atividade de extração do granito na época. (N.T.)

abstinência, não era de forma alguma visível a olho nu. Eles estavam bem, mas já estavam bem antes.

Já o efeito moral... era complexo. O sacrifício à base de extorsão não tem o mesmo odor de santidade que o voluntário. Mesmo quando feito de boa vontade, se a vontade é comprada, o impacto parece um tanto confuso. Não renunciaram à manteiga, apenas a deixaram para depois, e conforme o ano avançava, durante suas conferências secretas, os jovens ascéticos entregavam-se às visões selvagens dos excessos gordurosos que cometeriam assim que o período de carestia terminasse.

Mas, na maior parte do tempo, revigoravam as almas com planos para gastar e economizar a riqueza arduamente conquistada que estava por vir. Holdfast guardaria a parte dele e se tornaria um homem rico - mais rico do que o Capitão Briggs[29] ou Deacon Holbrook[30]. Mas às vezes ele hesitava, motivado pela imaginação de J. Edwards, e investia essa soma mágica em alegrias inumeráveis.

Talvez o hábito da abnegação estivesse se enraizando, assim como o hábito de descontar no futuro, de se entregar a planos selvagens de autogratificação quando o navio atracasse.

O tempo passa, mesmo para meninos sem manteiga, e o ano interminável finalmente se aproximava do fim. Contavam os meses, contavam as semanas, contavam os dias. O próprio Dia de Ação de Graças perdera o brilho diante do vindouro festival de alegria e triunfo. Conforme o tempo passava, o entusiasmo deles aumentava, e não conseguiram esquecer daquilo mesmo durante a visita passageira de um autêntico missionário, que sobrevivera àquelas terras sombrias onde os pagãos ficam nus, cultuam vários deuses e jogam seus filhos para os crocodilos.

É claro que seus pais os levaram para ouvir o missionário e, além disso, ele também foi jantar na casa da família e conquistou seus jovens corações

---

[29] Benjamin Spooner Briggs foi o capitão do navio americano mercante *Mary Celeste*, encontrado à deriva entre Açores e a costa de Portugal em 1872. O capitão e sua família, que o acompanhava na expedição, nunca foram encontrados. Ele também era um religioso devoto e praticante da abnegação. (N.T)

[30] Deacon John Holbrook (1761-1838) foi um empresário americano de grande sucesso em sua época. (N.T.)

com os relatos que lhes contou. Era um pregador grisalho de cabelo e barba, e um devoto inabalável; contudo tinha um olhar cintilante, e contava histórias de maravilha e espanto que às vezes eram até engraçadas e sempre eram interessantes.

– Imaginem, meus jovens amigos – disse ele, depois de inundá-los com o horror fascinante da indescritível perversidade que habitava aquelas "terras sem Deus" –, que os pagãos são totalmente desprovidos de moralidade. Os chineses, com os quais trabalhei por muitos anos, são mais honestos do que alguns cristãos. A honra deles nos negócios é uma lição para todos nós. Mas só o trabalho não pode nos salvar.

Então ele os questionou sobre a vida religiosa deles, e recebeu respostas satisfatórias.

A cidade compareceu para ouvi-lo; e, enquanto ele continuava sua jornada, pregando, encorajando a prática religiosa, descrevendo as adversidades e os perigos da vida missionária, a alegria de salvar almas, e instigando seus interlocutores a contribuir para o grande dever de pregar o Evangelho a todas as criaturas, o povo passou por uma espécie de época de reavivamento; e organizou uma grande assembleia missionária na igreja para realizar uma arrecadação especial quando o pregador voltasse.

A cidade só falava das missões eclesiásticas e só pensava nelas; deveria sonhar com elas também; assim, sótãos foram vasculhados para compor as caixas missionárias que seriam enviadas aos pagãos. Mas Holdfast e J. Edwards entremeavam o interesse naqueles selvagens infelizes com o desejo ardente por manteiga, e o anseio por dinheiro que nunca haviam sentido antes.

Então a senhorita McCoy retornou.

Sabiam o dia, a hora. Viram o pai se dirigir até a carruagem, e atormentaram a mãe perguntando se ela lhes daria o dinheiro antes ou depois do jantar.

– Certamente não sei! – esbravejou ela, por fim. – Vou ficar grata quando isso acabar, com certeza. Acho que isso é um tremendo absurdo!

Então avistaram o velho cabriolé virando a esquina. O quê? Só uma pessoa lá! Os meninos correram para o portão – a mãe também.

– O que aconteceu, Jonathan? Ela não veio?

– Oh, pai!

– Cadê ela, pai?

– Ela não vem – disse o senhor Fernald. – Diz que vai ficar com a prima Sarah, para estar na cidade e poder ir a todos os acontecimentos missionários. Mas mandou um envelope.

Então o pai foi cercado, e assim que o cavalo foi acomodado por três pares de mãos ligeiras eles seguiram para a mesa de jantar, onde havia quase um quilo de manteiga deliciosa, e sentaram-se impacientes, alvoroçados.

Pediram a bênção pela comida da forma devida – uma bênção que durou horas, aos olhos dos meninos, e então o envelope longo e gordo saiu do bolso do senhor Fernald.

– Ela deve ter escrito bastante – disse ele, revelando dois papéis dobrados, e depois uma carta.

"Meus queridos sobrinhos-netos", dizia a epístola, "já que seus pais me garantiram que vocês cumpriram a promessa e se negaram a comer manteiga durante o período de um ano, aqui estão os cinquenta dólares – sabiamente investidos – que prometi a cada um."

O senhor Fernald desdobrou calmamente os papéis. A Holdfast Fernald e a J. Edwards Fernald, devidamente realizadas, recebidas, assinadas e seladas, havia duas adesões vitalícias de cinquenta dólares cada na sociedade missionária!

Pobres crianças! O mais novo desatou a chorar desesperadamente. O mais velho agarrou o prato de manteiga e arremessou-o no chão, para que fosse punido, é claro, mas a punição não contribuiu em nada para aliviar sua dor e raiva.

Por fim, quando ficaram sozinhos e foram capazes de falar, mesmo soluçando, os adoráveis meninos compartilharam seus sentimentos; e esses foram de natureza blasfema e de rebeldia contra Deus. Tinham aprendido de uma só vez a terrível lição sobre a depravação humana. As pessoas mentiam – pessoas adultas, pessoas religiosas –, elas mentiam! Não se podia confiar nelas! Haviam sido enganados, traídos e roubados! Haviam perdido a existente alegria abnegada, e a possível alegria prometida e retida. O dinheiro, poderiam ganhar algum dia; mas nem mesmo os céus poderiam trazer de volta aquele ano sem manteiga. E tudo aquilo fora em nome da religião – e dos missionários! Uma indignação selvagem e fervente dominara o coração deles, a princípio; resultados latentes estariam por vir.

O entusiasmo religioso da pequena cidade estava no seu apogeu. A imaginação religiosa, um tanto faminta pelas alternativas simplórias do calvinismo, encontrou um rico alimento naquelas histórias brilhantes de perigo, devoção e às vezes martírio. Enquanto isso, o espírito de economizar com rigor, um costume de poupar dia a dia, desde o berço até a sepultura, buscou com fervor deleite no sucesso daqueles nobres evangelistas que foram tão longe para salvar almas perdidas.

Além dos recursos restritos, todos haviam cavado ainda mais fundo: abstiveram-se do necessário, não lhes restando nenhum contento. Quando a suprema assembleia foi anunciada, a grande assembleia de arrecadação, com o maravilhoso irmão da Igreja da Ásia para falar-lhes outra vez, o templo ficou abarrotado, do chão à galeria.

Os corações estavam acalentados e abertos, as almas estavam cheias de entusiasmo por aquele grande trabalho, ondas e mais ondas de sentimento intenso fluíam pela casa lotada.

Apenas no banco dos Fernalds havia um espírito fora de sintonia.

Fernald, mesmo sendo um bom homem, ainda não havia perdoado. A esposa nem sequer tinha tentado.

– Não fale comigo! – exclamou ela ardentemente, quando ele tentou uma reconciliação. – Perdoe seus inimigos! Sim, mas ela não fez mal nenhum a *mim!* Magoou meus filhos! Não há uma Palavra sobre ter que perdoar os inimigos dos outros!

No entanto a senhora Fernald, apesar de toda a raiva, parecia ter alguma fonte interior de conforto, negada ao marido, com a qual ela assentia para si mesma de vez em quando, mordendo os lábios finos e balançando a cabeça de forma decisiva.

Amargura vingativa e raiva impotente dominaram o coração de Holdfast e o de J. Edwards.

O estado de espírito dos jovens e dos velhos não melhorou quando chegaram à assembleia, um pouco atrasados, e descobriram que a cabeceira do banco estava ocupada pela senhorita McCoy.

Não era a hora nem o lugar para uma manifestação. Não havia outros lugares vagos, então a senhora Fernald entrou e sentou-se ao lado dela, com o olhar fixo no púlpito. Em seguida vieram os meninos, com vontade de matá-la. Por último, o senhor Fernald, orando em seu íntimo por um espírito mais cristão, mas sem resposta.

Holdfast e o jovem J. Edwards não ousaram falar na igreja ou fazer qualquer protesto; mas sentiram o cheiro das sementes de cardamomo vindo da mandíbula trituradora ao lado da mãe, trocaram olhares sombrios entre si e, às escondidas, mostraram os punhos cerrados um ao outro.

Em feroz rebelião interior, assistiram aos primeiros discursos e, chegada a hora do tão esperado discurso, nem mesmo a voz profunda do irmão da Ásia os comoveu. Ele era missionário, não? E os missionários e todo aquele trabalho deles eram falsos, não?

Então o que era aquilo?

O sermão acabou; a arrecadação, em dinheiro, estava nas bandejas empilhadas ao pé do púlpito. A arrecadação em mercadoria foi enumerada e descrita com nomes completos.

Então o herói do momento foi visto conferenciando com os outros reverendos irmãos e, ao se levantar e vir à frente, ergueu a mão pedindo silêncio.

– Amados irmãos e irmãs – disse ele –, neste tempo de Ação de Graças pelos dons espirituais e temporais, gostaria de lhes pedir mais um pouco de paciência para que possamos fazer justiça. Chegou aos meus ouvidos uma história a respeito de uma das oferendas recentes que desejo compartilhar com vocês para que o julgamento seja feito em Israel. Um de nós trouxe à Casa do Senhor uma oferenda contaminada... uma oferenda contaminada por crueldade e falsidade. Há um ano duas crianças jovens de nosso rebanho foram subornadas para renunciar a um dos poucos contentamentos de sua vida durante o período de um ano. Um longo ano inteiro da vida de uma criança. Foram subornadas com uma promessa. Uma promessa de riqueza incalculável para uma criança, de cinquenta dólares cada uma.

A congregação soltou um longo arquejo.

Aqueles que sabiam do empenho dos meninos Fernald (e quem não sabia naquele círculo amigável?) olharam para eles com impaciência. Aqueles que reconheceram a senhorita McCoy olharam para ela também, e eram muitos. Ela sentou-se, abanando-se com um pequeno leque de folha de palmeira de cabo reto, esforçando-se para parecer inconsciente.

– Quando chegou ao fim – a voz clara continuou, sem piedade – o ano de luta e privação, e os corações ávidos da infância esperavam a recompensa, em vez de manter a palavra dada, em vez do dinheiro prometido, a cada criança foi concedida uma associação vitalícia em nossa sociedade!

Mais uma vez a casa suspirou. O fim não justifica os meios?

Ele continuou:

– Conversei com meus companheiros e estamos unidos na recusa desta oferenda. O dinheiro não é nosso. Foi obtido por meio de um truque que até os próprios pagãos desprezariam.

Houve uma pausa chocante. A senhorita McCoy estava roxa de vergonha, e só se manteve no lugar por medo de chamar mais atenção se tentasse escapar.

– Não vou citar nomes – continuou o orador –, e lamento o fardo colocado sobre mim de ter que expor dessa maneira uma transação possivelmente bem-intencionada, mas o que está em jogo nesta noite não é esse punhado de prata, nem os sentimentos de um pecador, mas as almas de duas crianças. Devemos permitir que o senso de justiça dessa juventude impressionável seja afrontado? Devem eles acreditar, assim como o salmista, que ninguém merece confiança[31]? Devem se enfurecer, e culpar a grande obra à qual nossa vida é dedicada, pois em seu nome foram enganados e roubados? Não, meus irmãos, vamos nos eximir da responsabilidade dessa desonra. Em nome da sociedade, devo devolver este dinheiro aos legítimos proprietários. "Entretanto, se alguém fizer tropeçar um destes pequeninos que creem em mim, melhor lhe seria amarrar uma pedra de moinho no pescoço e se afogar nas profundezas do mar"[32].

---

[31] Referência ao salmo 116:11: "Ninguém merece confiança". Em outra tradução: "Todos os homens são mentirosos". (N.T.)

[32] Mateus 18:6. (N.T.)

Minha incrível Dodo

Quando a conheci, ela tinha 26 anos, e admitia a idade com alegria.

Isso logo me influenciou a seu favor, pois prezo a honestidade nas mulheres, o que é incomum nessa questão. É verdade que ela não compartilhava dos meus gostos artísticos excepcionais ou, de forma significativa, do meu círculo social; mas era uma mulher agradável, íntegra, alegre e forte, e queria fazer dela uma amiga. Eu prezava muito minhas boas amizades entre as mulheres, pois tinha opiniões conscienciosas contra o casamento recebendo um salário baixo.

Mais tarde, ficou claro que ela tinha opiniões diferentes, mas não as mencionou na época.

Dorothea era o nome dela. Sua família a chamava de Dora, suas amigas íntimas de Dolly, mas eu a chamava de Dodo, apenas entre nós.

Dodo era uma moça muito bonita, embora não fosse vistosa; e de forma alguma distinta na maneira de se vestir, o que me incomodava bastante a princípio, pois tenho grande admiração por mulheres que se vestem e se cuidam bem.

Minhas ideias sobre matrimônio foram fortemente influenciadas por certos fatos e números que um velho amigo da faculdade me apresentou. Era um bom sujeito, e sua esposa era uma das moças mais adoráveis do nosso grupo, apesar de ser um tanto delicada. Viviam com muito conforto e de forma simples, com alguns bons livros e gravuras, e quatro filhos pequenos.

– São mil dólares no primeiro ano para cada bebê – disse-me ele –, e quinhentos no ano seguinte.

Fiquei abismado. Não tinha ideia de que os pequeninos custassem tanto assim.

– É preciso uma cuidadora treinada para auxiliar a mulher nas quatro primeiras semanas – continuou ele –, por vinte e cinco dólares semanais; e uma cuidadora treinada para o bebê, por quinze dólares semanais, durante quarenta e oito semanas. Isso dá oitocentos e vinte dólares. Depois *tem* as contas médicas, as roupas, e assim por diante... com o leite certificado... facilmente se chega a esse valor.

– Quinze dólares por semana não é uma boa soma para uma cuidadora? – perguntei.

– Quanto você paga a um bom estenógrafo? – devolveu ele.

– Ora, um muito bom ganha vinte dólares – admiti. – Mas esse trabalho exige treinamento e experiência.

– Cuidar de bebês também! – exclamou ele, triunfante. – Não se deve economizar com bebês, Morton. O barato sai caro.

Eu gostava do seu ponto de vista e admirava profundamente sua família. A esposa era uma daquelas mulheres compreensivas e solidárias que ajudam um homem em seu dever. Mas as perspectivas do meu próprio casamento pareciam remotas. Por isso, estava muito feliz por ter uma boa amiga, íntegra e sociável, como Dodo.

Tínhamos uma intimidade tão tranquila que logo comecei a discutir muitas das minhas ideias e planos com ela. Ficou bastante interessada nas cifras apresentadas por meu amigo, e fez com que eu as colocasse no papel. Ele tinha um salário duas vezes maior que o meu e nem um centavo sobrando no final do ano; o casal também não tinha vida social. Quinhentos dólares eram separados para suas despesas pessoais, e o mesmo tanto para a esposa; mal dava para o vestuário hoje em dia, ele me garantiu, com todos os entretenimentos, viagens, livros e periódicos, e contas de dentista, inclusive.

– Não acho que custe tanto assim – disse Dodo.

Ela era uma mulher de negócios, e acompanhava os números de perto; e é claro que apreciava a opinião transcendente que eu sustentava sobre o assunto, e minha abnegação também.

Até hoje, não sei dizer como aconteceu; mas, antes que eu percebesse, estávamos noivos. Quase me arrependi, pois um longo noivado se torna uma pressão para as duas partes; mas Dodo me animou: disse que não estávamos em uma situação pior do que antes e, em alguns aspectos, era até melhor. Às vezes eu concordava plenamente com ela.

Assim, vivemos sem rumo por cerca de um ano e, depois de uma boa dose de discussão a distância, de repente, estávamos casados.

Não me lembro agora por que decidimos fazer isso às pressas; eu parecia estar em uma espécie de sonho; mas de qualquer maneira nos casamos, e estávamos absurdamente felizes também.

– Não seja bobo, meu querido! – exclamou ela. – Não é pecado estarmos casados. E já estamos *bem* crescidinhos!

– Mas não podemos arcar com as despesas... sabe que não podemos – argumentei.

Isso foi enquanto estávamos acampando durante nossa viagem de núpcias.

– Senhor Morton Howland – disse minha esposa –, não se preocupe nem um pouco com as despesas. Quero que entenda que se casou com uma mulher de negócios.

– Mas desistiu do seu cargo! – exclamei, horrorizado. – Com certeza, não pensa em voltar atrás!

– Desisti de um cargo – respondeu ela com serenidade – e assumi outro. E pretendo mantê-lo. Agora, continue ganhando a vida em paz como antes, e deixe a economia doméstica comigo... Está bem, querido?

Naturalmente, era o que eu tinha que fazer, já que não podia administrar a casa; mesmo que desejasse, não sabia como. Mas eu já havia lido muito e ouvido muito e presenciado muito as tantas dificuldades que os recém-casados enfrentam ao administrar uma casa, que confesso ter ficado muito preocupado.

Perto do final da viagem, comecei a antecipar o fardo de ter que procurar uma casa.

– Onde acha que vamos morar? – perguntei, hesitante.

– Na Avenida Meter, 384 – respondeu ela de imediato.

Quase deixei o remo cair (estávamos fazendo canoagem naquele momento), fiquei desnorteado.

– É uma boa localização… apartamentos baratos – falei, devagar. – Quer dizer que já alugou um, por conta própria?

Ela deu um sorriso reconfortante. Dentes lindos tinha a minha Dodo, fortes, branquinhos e regulares, embora não fossem pequenos.

– Não cheguei a esse ponto, querido – respondeu ela –, mas tenho uma oportunidade. É dos meus amigos, os Scallen, que vão se mudar no próximo outono. É um prédio novo, mandaram colocar um papel de parede muito bonito, e se você gostar dele poderemos nos mudar assim que eles partirem… digamos, uma semana depois que saírem de lá… vai ficar mais em conta. Vamos dar uma olhada assim que voltarmos.

Nós fomos. Parecia bastante adequado: agradável, e mais barato do que pensava ser possível. Na verdade, hesitei um pouco na questão do estilo, e da acessibilidade aos amigos; mas Dodo disse que as pessoas que se importavam de fato conosco apareceriam, e as que não se importavam poderiam facilmente ser dispensadas.

Nós nos casamos tão às pressas, às vésperas das férias, que eu mal tinha pensado nas mobílias, mas Dodo parecia saber bem aonde ir e o que comprar, a um custo muito menor do que eu tinha imaginado.

Sacou duzentos e cinquenta dólares da sua conta bancária, dinheiro que, segundo ela, vinha economizando fazia anos. Acrescentei mais ou menos a mesma quantia; e deixamos aquele pequeno apartamento tão bonito e confortável como qualquer casa que já vi.

No entanto ela colocou o pé no chão quanto às pinturas.

– Teremos muito tempo para essas coisas quando pudermos pagar por elas – afirmou Dodo, e era fato que não podíamos na época.

Então, materializou-se de algum lugar estrangeiro uma jovem organizada e forte para fazer o serviço doméstico, lavar roupa e tudo o mais.

– Ela é aprendiz – disse Dodo. – Está disposta a aprender os serviços domésticos, e estou disposta a ensinar.

– Quando foi que se tornou tão competente nos serviços domésticos? – perguntei. – Pensei que fosse contabilista.

Então Dodo abriu seu largo sorriso brilhante.

– Morton, querido – ela disse –, agora vou revelar um Segredo para você! Sempre tive a intenção de me casar e, na medida do possível, aprendi o ofício. Sou uma mulher de negócios, você sabe.

Ela com certeza conhecia bem o ofício. Cuidava das contas domésticas como – bem, como ela era – uma especialista em contabilidade. Ao mobiliar a cozinha, mandou instalar um jogo muito confiável de pesos e medidas. Pesava o gelo e o pão, media o leite e as batatas, e fazia protestos firmes, irrefutáveis e precisos quando as coisas estavam erradas; chegou até a enviar amostras de um creme estranho para a Comissão de Saúde analisar. Com meus artigos de papelaria e seus números exatos, nossas cartas eram estranhamente poderosas, e estávamos bem munidos, enquanto nossos amigos reclamavam, de maneira triste e submissa, de fraude e extorsão.

Os itens de maior valor em seu mobiliário eram uma máquina de costura, de primeira linha, e um maravilhoso manequim feminino, feito sob medida, que ficava em um canto e parecia uma "árvore de casacos" quando não estava em uso.

– Com certeza não está se propondo a fazer suas próprias roupas, está? – indaguei quando aquele objeto sem cabeça apareceu.

– Algumas peças, sim – admitiu ela. – Você vai ver. É claro que não posso me vestir para a alta sociedade.

Agora, já que havia lido nos livros e revistas, havia me preparado muito conscienciosamente para enfrentar as tempestades e os abismos do início da vida matrimonial; estava determinado a não levar ninguém para jantar em casa sem telefonar antes, e preparado para dizer à minha esposa, pelo menos duas vezes ao dia, que a amava. Entretanto, ela se antecipou a mim na questão do jantar.

– Veja isso! – exclamou ela, levando-me até a despensa, que estava abastecida ao seu gosto.

Mostrou-me um canto especial, demarcado e rotulado: "Para Emergências". Havia um suprimento completo de comida e bebida, em vidro e lata.

- Quero ver do que você é capaz! - exclamou ela, triunfante. - Pode trazer para casa seis homens no meio da noite... e vou alimentar todos eles! Mas não deve fazer isso por duas noites seguidas, pois eu teria que reabastecer o estoque.

Em relação às lágrimas e ao nervosismo e ao "amo você", eu ficava quase, às vezes, um pouco decepcionado com Dodo, que era muito sossegada. Ela estava feliz e eu estava feliz, mas isso não parecia exigir nenhum esforço.

Uma manhã, quase me esqueci, e deixei o elevador esperando enquanto corri de volta para lhe dar um beijo e dizer "Amo você, querida". Ela me afastou com suas duas mãos fortes e riu com ternura.

- Meu querido - disse ela -, imagino que sim.

Refleti sobre isso durante todo o caminho até o centro da cidade.

Ela imaginava que sim. Bem, eu a amava. E na próxima vez em que um de meus amigos recém-casados pediu indiretamente por um pouco de luz sobre o que era para ele uma questão sombria e desconcertante, de repente fiquei muito despreocupado com meus assuntos familiares. De alguma forma, não tínhamos problema algum. Dodo administrava a casa bem; vivíamos com muito conforto e custava muito menos do que eu esperava.

- Como aprendeu a treinar uma criada? - perguntei a minha esposa.

- Querido - respondeu ela -, admiti para você que sempre tive a intenção de me casar quando encontrasse o homem que pudesse amar e honrar, em quem pudesse confiar.

(Dodo superestima minhas virtudes, é claro.)

- Muitas moças pretendem se casar - interrompi.

- Sim, sei que sim - concordou ela. - Querem amar e ser amadas, mas não aprendem o que precisam! Ora, o serviço doméstico não é tão obscuro nem tão trabalhoso quando se dedica a ele. Fiz um curso noturno de economia doméstica, li e estudei um pouco, e passei um período de férias com uma tia em Vermont que "faz o próprio serviço". Nas férias seguintes, fiz o nosso. Aprendi o ofício aos poucos.

Nós nos divertimos muito naquele primeiro ano. Ela se vestia muito bem, mas o fato de manter a conta das despesas tão reduzida era um fenômeno constante, graças à máquina e à Sem Cabeça.

– Fez um curso de costura também? – indaguei.

– Sim, durante outras férias.

– Suas férias eram mais trabalhosas do que as de todos que já conheci – comentei –, e das mais variadas também.

– Não sou covarde, sabe, querido. – Foi o que me respondeu com alegria. – E gosto de trabalhar. Você trabalha, por que eu não deveria?

A única coisa que tinha para criticar, se é que havia alguma coisa, era que Dodo não ia ao teatro e a lugares do tipo com a frequência que eu queria. Dizia sem muitos rodeios que não poderíamos gastar com isso, e perguntava por que eu queria sair para me divertir quando tínhamos um lar tão feliz? Então passávamos um bom tempo em casa, fazíamos alguns telefonemas, jogávamos cartas e éramos muito felizes, é claro.

Durante todo esse tempo, fiquei um tanto ansioso, com medo de que o bebê de mil dólares descesse sobre nós antes de estarmos preparados, pois agora eu tinha apenas seiscentos no banco. Logo esse temível evento assomou no horizonte de forma assustadora. Não disse nada a Dodo sobre meus medos, ela não podia ficar ansiosa, de forma alguma, mas eu passava as noites acordado e às vezes me levantava de mansinho e andava de um lado para outro no meu quarto, pensando em como conseguir dinheiro.

Uma noite ela me ouviu.

– Querido! – exclamou, com um tom suave. – O que está fazendo? São ladrões?

Eu a tranquilizei naquele ponto e ela prontamente me tranquilizou no outro, assim que me fez contar o que estava me preocupando.

– Ora, santo Deus, querido – disse ela com serenidade. – Não precisa se preocupar com isso. Tenho dinheiro no banco para o meu bebê.

– Pensei que tinha gastado tudo com a mobília.

– Ah, aquilo era Dinheiro de Mobília! Aconchegue-se aqui, ou vai se resfriar. Vou lhe contar tudo.

Então explicou com seu jeito tranquilo, forte e alegre, com uma risadinha contente aqui e ali, que sempre teve a intenção de se casar.

– Isso não é mais novidade – exclamei, em um tom severo. – Diga-me algo diferente.

– Bem, enquanto me preparava para este Grande Evento – continuou ela –, aprendi sobre serviços domésticos, como bem viu. Economizei dinheiro o bastante para mobiliar um pequeno apartamento e guardei no banco. E também me antecipei para essa nada Impossível Eventualidade, juntei mais dinheiro e guardei em outro banco!

– Por que dois bancos, se é que um simples homem pode perguntar?

– É bom – respondeu ela, cheia de moralismo – não pôr todos os ovos na mesma cesta.

Fiquei imóvel e refleti sobre essa nova revelação.

– Você tem mil dólares? Se é que este Familiar Distante aqui ainda pode reivindicar alguma informação.

– Tenho exatamente essa quantia – respondeu ela.

– E, sem querer ser impertinente, você tem outros nove milhares de dólares em outros nove bancos para outras nove nada Impossíveis Eventualidades?

Ela balançou a cabeça com determinação.

– Nove é uma Impossível Eventualidade – retrucou ela. – Não, só tenho mil dólares naquele banco. Agora, seja bonzinho e continue a trabalhar em seus negócios, dos quais não exijo saber detalhes, e deixe que eu cuide do Negócio de Bebês, que é meu.

Tirei um grande peso da minha mente, e passei a dormir bem a partir daquele momento. Assim como Dodo, que continuava bem, atarefada, serena e alegre.

Certa vez, voltei para casa em estado de verdadeiro horror. Descobri, por um amigo e nos livros, a terrível experiência pela qual ela passaria. Dodo percebeu que eu demonstrava um afeto intenso, fora do comum, e que sempre a olhava com uma angústia abrasadora.

– Qual é o seu problema, Morton? – perguntou ela.

– Estou... preocupado – admiti. – Estive pensando... e se eu a perdesse? Ah, Dodo! Prefiro ter você a ter mil bebês.

– Imagino que sim – devolveu ela, muito tranquila. – Agora, olhe aqui, meu querido! Está preocupado com o quê? Não embarquei em um empreendimento incomum; é o curso normal da natureza, facilmente cumprido por todos os tipos de criaturas femininas! Não tenha nem um pingo de medo, eu não tenho.

Ela não tinha mesmo. Manteve o bom humor e a serenidade até o último momento, teve uma médica eficiente mas acessível, e logo estava em pé outra vez, ainda serena, com uma Pessoa Rosada agregada à nossa família, de tamanho pequeno mas de enorme importância.

Mais uma vez, estremeci bastante por nossa paz e felicidade, e mentalmente preparei meu espírito para passar noites acordado, andando de um lado para outro. Não surgiu nenhum problema desse tipo. Tínhamos quartos separados e a Pessoa Rosada ficava com Dodo. De vez em quando o bebê se manifestava à noite, mas não durava muito tempo. Ele estava bem, ela estava bem – as coisas corriam tão bem quanto antes.

Eu estava "perdido" de admiração, amor e adoração e, em especial, muito surpreso por continuarmos vivendo sem grandes despesas.

De repente, um pensamento me ocorreu.

– Onde está a cuidadora? – questionei.

– A cuidadora? Ora, ela se foi há muito tempo. Eu a contratei apenas por um mês.

– Quero dizer a cuidadora da criança – disse eu. – Aquela de quinze dólares.

– Ah, eu sou a cuidadora da criança – devolveu Dodo.

– Você! – exclamei. – Quer dizer que você mesma cuida desta criança, e sozinha?

– Ora, é claro – respondeu Dodo. – Para que serve uma mãe?

– Mas... o tempo que leva... – protestei, de forma nada convincente.

– O que espera que eu faça com meu tempo, Morton?

– Ora, tudo o que fazia antes... que Esse chegasse.

– Não vou permitir que se refira a meu filho como "Esse"! – afirmou com severidade. – Morton J. Hopkins, Jr., por favor. Quanto ao tempo que tinha antes? Ora, eu o usava me preparando para o tempo que estava po vir, é claro. Tenho os próximos três anos planejados para este jovenzinho

– E o leite certificado? – perguntei.

Dodo sorriu com ar de superioridade.

– Certifico o leite – retrucou ela.

– Consegue cuidar da criança e da casa também?

– Santo Deus, Morton, o "cuidado" com um apartamento de sete cômodos e com uma criada competente não leva mais de uma hora por dia. E faço compras quando saio com o bebê.

– Quer dizer que vai empurrar o carrinho sozinha?

– Por que não? – perguntou ela, um tanto ríspida. – Decerto uma mãe não precisa ter vergonha da companhia de seu próprio filho.

– Mas vai ser confundida com uma cuidadora…

– *Sou* uma cuidadora! E com muito orgulho!

Fixei os olhos nela durante minha terceira onda de profundo espanto.

– Quer dizer que *também* fez aulas de educação infantil?

– *Também?* Ora, fiz aulas de educação infantil antes de qualquer outra coisa. Quantas vezes vou ter que dizer a você, Morton, que sempre tive a intenção de me casar? O casamento envolve, a meu ver, a maternidade, é para isso que serve! Então me preparei para o trabalho que pretendia fazer, naturalmente. Sou uma mulher de negócios, Morton, e este é o meu negócio.

Isso foi há vinte anos. Temos cinco filhos. Morton Jr. está na faculdade. Dorothea, a segunda, também está. Dodo pretende dar uma formação a *todos* eles, diz ela. Meu salário aumentou, mas não tão rápido quanto os preços, e nem um desses dois aumentou tão rápido quanto minha família. em um dos bebês custou mil dólares no primeiro ano, nem quinhentos ano seguinte; os mil dólares de Dodo foram o suficiente para todos s. Mudamos para uma casa no subúrbio, é claro; o que era muito justo ra as crianças. Vivo sempre de acordo com minha renda – ainda temos enas uma criada, e as crianças aprendem o serviço doméstico à boa e elha maneira. Nem um dos meus amigos tem uma esposa tão dedicada, io vigorosa – além de muito bem-sucedida – quanto eu. Dodo é o espíito encarnado de todas as Donas de Casa e Mães de Casa da história e da icção. A única coisa de que sinto falta nela – se é que posso admitir que sinto falta de alguma coisa – é de companheirismo e compreensão fora dos assuntos domésticos. Meu trabalho no jornal – que ela sempre chama de "meu negócio" – continuou sendo um negócio. As aspirações literárias que cheguei a ter havia muito tempo foram deixadas de lado como sendo impraticáveis. E a única coisa de que sinto falta na vida fora de casa é, bem… na verdade, não tenho vida alguma fora de casa – exceto, é claro, meu negócio.

Agora, meus amigos têm feito o mesmo percurso até o trabalho e de volta para casa. Não consegui acompanhar o grupo que conhecia. Como minha esposa disse, ela não podia se vestir para a alta sociedade e, visivelmente, não podia mesmo. Temos poucos livros, não há margem para luxos, afirma Dodo; e é claro que não podemos ir às peças e recitais na cidade. Mas isso não é essencial – com toda certeza –, como ela diz.

Tenho muito orgulho da minha casa, da minha família e da minha Incrível Dodo.